人和吞食者

Cixin Liu

WELTEN-ZERSTÖRER

Novelle

Aus dem Chinesischen von
Marc Hermann

Mit Anmerkungen zur Übersetzung
und einem Nachwort von Xia Jia

Deutsche Erstausgabe

WILHELM HEYNE VERLAG
MÜNCHEN

Die Novelle »Weltenzerstörer« ist unter dem Titel 人和吞食者 (*Ren he tunshizhe*) erschienen. Sie ist in dem Sammelband »Die wandernde Erde« enthalten.

Übersetzung »Jenseits der Zeit«: Karin Betz
Das Nachwort wurde von Kristof Kurz übersetzt.

MIX
Papier aus verantwortungsvollen Quellen
FSC® C014496
FSC
www.fsc.org

Verlagsgruppe Random House FSC® N001967

Deutsche Erstausgabe 9/2018

Neumarkter Str. 28, 81673 München
Printed in Germany
Umschlaggestaltung: Das Illustrat, München
Umschlagillustration: Stephan Martinière
Satz: KompetenzCenter, Mönchengladbach
Druck und Bindung: GGP Media GmbH, Pößneck

ISBN: 978-3-453-31925-7

diezukunft.de

Inhalt

WELTENZERSTÖRER

1

Der Kristall von Eridanus

Er schwebte direkt vor ihm. Dennoch konnte der Kommandant den durchsichtigen Kristall kaum erkennen, denn der fremde Körper trieb in der Schwärze des Alls wie eine Glasscherbe in einem tiefen Teich. Nur weil sich das Sternenlicht im Kristall brach, konnte der Kommandant seine Position bestimmen, doch schon im nächsten Moment verschwand der Kristall wieder in der Leere zwischen den Sternen.

Plötzlich verzerrte sich die Sonne, und ihr fernes, ewiges Licht flimmerte. Der Kommandant erschrak, anders als das gute Dutzend von Untergebenen aber, die neben ihm schwebten, stieß er keinen Schrei aus, sondern bewahrte nach außen hin den fernöstlichen Gleichmut, für den er so bekannt war. Er brauchte nicht lange, um zu begreifen, dass der Kristall soeben zwischen seine Mannschaft und die hundert Millionen Kilometer entfernte Sonne getrieben war und sich nur noch ein gutes Dutzend Meter vor ihnen befand. In den kommenden dreihundert Jahren sollte diese absonderliche Szene noch oft vor seinem geistigen Auge auftauchen. Immer wieder würde der Kommandant sich fragen, ob dieser Moment das Schicksal der Menschheit bereits vorweggenommen hatte.

Er war der Oberbefehlshaber der Patrouille, die von den

Vereinten Nationen zum Schutz der Erde im Weltall stationiert war. Die Mannschaft, über die er das Kommando führte, war denkbar klein, aber sie verfügte über die mächtigsten Nuklearwaffen in der Geschichte der Menschheit. Ihre Feinde waren leblose Gesteinsbrocken: Meteoriten und Asteroiden, die das Frühwarnsystem als Bedrohung für die irdische Sicherheit ausgemacht hatte. Die Weltraumpatrouille war dafür zuständig, solche Objekte entweder auf eine andere Bahn zu lenken oder zu zerstören.

Seit mehr als zwanzig Jahren überwachten sie nun schon das Weltall, aber noch nie hatte sich ihnen die Gelegenheit geboten, von ihren Waffen Gebrauch zu machen. Alle Himmelskörper, die dafür groß genug gewesen wären, schienen die Erde zu meiden, so als gönnten sie den Soldaten ihre Aussicht auf Ruhm nicht. Nun aber hatte der Bordcomputer in einer Entfernung von zwei Astronomischen Einheiten den Kristall entdeckt. Er schoss so zielgenau auf die Erde zu, dass sich seine Flugbahn unmöglich auf natürlichem Weg ergeben haben konnte.

Vorsichtig näherte sich der Kommandant mit seinem Trupp dem Kristall. Mit den Schubdüsen ihrer Raumanzüge umhüllten sie das seltsame Objekt mit einem Spinnennetz aus Kondensstreifen. Sie waren bis auf weniger als zehn Meter herangekommen, als das Innere des Kristalls auf einmal in einem milchigen Weiß aufleuchtete. Seine längliche, gleichmäßige Gestalt war nun deutlich zu erkennen. Er war rund drei Meter lang, und als die Patrouille noch näher kam, entdeckte sie in seinem Innern ein komplexes Geflecht aus durchsichtigen Röhren, das offenbar als Antriebssystem diente.

Der Kommandant streckte seine behandschuhte Hand aus, berührte die Oberfläche des Kristalls und nahm als erster Mensch Kontakt mit einer außerirdischen Zivilisation auf. Sofort wurde der Kristall wieder durchsichtig, und in seinem Innern erschien ein farbenprächtiges Bild: ein kleines Mädchen, das einem Zeichentrickfilm entsprungen schien, mit riesigen Kulleraugen und Haaren, die ihr bis zu den Füßen herabwallten. Mit ihrem schönen, sanft wogenden Rock schien sie in einem unsichtbaren Gewässer zu treiben.

Ihr Blick richtete sich auf den Kommandanten, und sogleich fing sie panisch an zu schreien: »Alarm! Alarm! Der Weltenzerstörer kommt!« Ihr zarter Arm wies dabei in die der Sonne entgegengesetzte Richtung, als wäre ihr von dorther ein erbitterter Verfolger auf den Fersen.

»Woher kommst du?«, fragte der Kommandant.

»Von Epsilon Eridani – so nennt ihr anscheinend unser Sonnensystem. Gemessen in eurer Zeit, bin ich schon sechzigtausend Jahre unterwegs.« Erneut schrie sie: »Der Weltenzerstörer kommt! Der Weltenzerstörer kommt!«

»Bist du lebendig?«

»Natürlich nicht. Ich bin bloß eine Botschaft. – Der Weltenzerstörer kommt! Der Weltenzerstörer kommt!«

»Wieso sprichst du unsere Sprache so gut?«

»Das habe ich unterwegs gelernt. – Der Weltenzerstörer kommt! Der Weltenzerstörer kommt!«

»Und wieso siehst du so aus?«

»Das habe ich unterwegs gesehen. – Der Weltenzerstörer kommt! Der Weltenzerstörer kommt! – Habt ihr denn gar keine Angst vor ihm?«

»Wer ist denn der Weltenzerstörer?«

»Er sieht aus wie ein großer Reifen. Das ist vielleicht ein Vergleich, den ihr versteht.«

»Du kennst unsere Welt aber erstaunlich gut.«

»Ich habe sie unterwegs kennengelernt. – Der Weltenzerstörer kommt!« Mit diesem neuerlichen Schrei glitt das Mädchen geschwind zur Seite, und in der Mitte des Kristalls tauchte das Bild eines Gegenstands auf, der tatsächlich einem Reifen ähnelte und ein phosphoreszierendes Licht ausstrahlte.

»Wie groß ist er?«, fragte einer der Offiziere.

»Sein Gesamtdurchmesser beträgt fünfzigtausend Kilometer. Der eigentliche Reifen ist zehntausend Kilometer breit und das Loch in der Mitte dreißigtausend Kilometer.«

Für einen Moment herrschte Schweigen. »Die Kilometer, von denen du da sprichst – sind das unsere irdischen Kilometer?«

»Natürlich. Der Weltenzerstörer ist so groß, dass er einen Planeten umschlingen kann – so wie ein Reifen von euch sich um einen Fußball legen kann. Hat er den Planeten erst einmal umschlossen, plündert er seine Ressourcen, und wenn er ihn ganz ausgesaugt hat, spuckt er ihn wieder aus wie einen Kirschkern.«

»Wir verstehen immer noch nicht, was der Weltenzerstörer eigentlich ist.«

»Er ist eine Weltraumarche. Wir wissen nicht, woher er kommt und wohin er fährt – das wissen nicht einmal die riesigen Echsen, die ihn steuern. In den Dutzenden von Millionen Jahren, die er nun schon durch die Milchstraße kreuzt, haben seine Besitzer bestimmt längst seine Herkunft und sein

Ziel vergessen. Aber eines ist sicher: Als er erschaffen wurde, war er noch längst nicht so groß. Er wächst, indem er fremde Planeten verschlingt – auch unseren Planeten hat er kahl gefressen!«

Das Bild des Weltenzerstörers im Kristall wuchs und füllte bald die ganze Fläche aus. Offensichtlich senkte sich der Zerstörer herab auf die Welt des Betrachters. Die Bewohner dieser Welt mussten sich nun fühlen wie auf dem Grund eines ungeheuren kosmischen Brunnens, dessen Mauern sie langsam umkreisten. Die komplexen Strukturen dieser Mauern nahmen jetzt klare Gestalt an. Auf den ersten Blick fühlte sich der Kommandant an die Schaltkreise von Mikroprozessoren unter einem Mikroskop erinnert, aber dann entdeckte er, dass es sich um eine einzige gigantische Stadt handelte. Am oberen Rand waren ihre Mauern in einen Ring aus blauem Licht getaucht, der sich am Himmel darüber als ein gewaltiger Kranz aus Feuer um die Sterne legte.

Dies war das ringförmig angeordnete Triebwerk des Weltenzerstörers, so erklärte das Mädchen von Eridanus. Dabei wirbelte sie umher wie in einem entfesselten Tanz, und ihre langen Haare wogten wie unzählige Arme, als wollten sie ihr grenzenloses Entsetzen noch untermalen.

»Das ist der dritte Planet von Epsilon Eridani, während er vom Weltenzerstörer verschlungen wird. Wärt ihr damals auf unserem Planeten gewesen, hättet ihr als Erstes gespürt, wie eure Körper leichter werden. Denn die Masse des Weltenzerstörers ist so groß, dass seine Gravitationskraft die unseres Planeten ausglich. Damit entfaltete er seine tödliche Zerstörungskraft. Zuerst, als er noch über uns flog, fluteten die

Ozeane zu den Polen. Dann, als sich sein Reifen um unseren Planeten gelegt hatte, wogten sie zum Äquator, und die Wellen türmten sich so hoch, dass sie die Wolken verschlangen. Danach riss die ungeheure Gravitationskraft die Kontinente in Stücke, als wären sie aus Seidenpapier, und auf dem Festland und dem Meeresboden brachen unzählige Vulkane aus.«

Sie hielt einen Moment inne. »Als der Weltenzerstörer mit seinem Reifen den Äquator umschloss, schaltete er seine Triebwerke aus und bewegte sich von nun an exakt auf der Umlaufbahn unseres Planeten um unsere Sonne. Jetzt hatte er unsere Welt in seinem Schlund und begann sie auszupressen. Aus seinem Innern ließ er unzählige, zehntausend Kilometer lange Kabel auf die Oberfläche unseres Planeten herab. Unsere Welt war gefangen wie eine Fliege in einem ungeheuren Spinnennetz. Riesige Frachtcontainer pendelten zwischen dem Planeten und dem Zerstörer hin und her, um das Meerwasser und die Luft abzutransportieren. Gleichzeitig begann ein Heer von anderen Riesenmaschinen, sich tief in die Erdkruste zu bohren und die Unmengen von Bodenschätzen abzubauen, die der Zerstörer benötigt. Weil die Anziehungskräfte des Zerstörers und des Planeten einander aufhoben, entstand in dem Raum zwischen ihnen ein Niedriggravitationsfeld. Das machte den Abtransport unserer Ressourcen für unseren Feind wesentlich einfacher, und die Plünderung verlief sehr effektiv. In eurer irdischen Zeit gemessen, braucht der Weltenzerstörer ungefähr ein Jahrhundert, um einen Planeten auszusaugen. Das Opfer verliert in dieser Zeit all seine Ressourcen einschließlich seiner Wasserreserven und seiner Atmosphäre. Gleichzeitig verformt die Gravitationskraft des Zerstörers allmählich den Planeten, und er wird an seinem Äquator zunehmend flach gequetscht, bis er am Ende …« Das Mädchen überlegte einen Moment. »Um einen Vergleich von euch zu benutzen: Am Ende nimmt der Planet die Form eines Diskus an. Wenn der Weltenzerstörer sein Opfer schließlich gänzlich ausgesaugt hat, spuckt er es wieder aus und bewegt sich weiter. Dann gewinnt der Planet seine ursprüngliche Kugelgestalt zurück, und das beschwört eine letzte Katastrophe von globalem Ausmaß herauf: Die Oberfläche des Planeten verwandelt sich wieder in ein Magmameer ähnlich dem, das kurz nach seiner Geburt vor Jahrmilliarden sein Äußeres geprägt hat. Dieses Inferno zerstört die letzten verbleibenden Spuren von Leben.«

»Wie weit ist der Weltenzerstörer noch von unserem Sonnensystem entfernt?«, fragte der Kommandant.

»Er ist mir dicht auf den Fersen. In eurer Zeit gemessen, wird er in nur einem Jahrhundert hier eintreffen. – Alarm! Der Weltenzerstörer kommt! Der Weltenzerstörer kommt!«

2

Botschafter Beißer

Während die Menschheit noch eifrig darüber diskutierte, ob man der Botschaft des Kristalls glauben könne, drang ein kleines Raumschiff, das dem Weltenzerstörer als Vorhut vorausflog, in das Sonnensystem ein und erreichte schließlich die Erde.

Wieder war es der Kommandant mit seiner Weltraumpatrouille, der den ersten Kontakt aufnahm, aber diese Begegnung hinterließ ein gänzlich anderes Gefühl bei ihm als die erste. Während der aufwendig gearbeitete Kristall von Eridanus offensichtlich von einer technologisch hoch entwickelten Zivilisation stammte, wirkte das Raumschiff des Weltenzerstörers so plump wie ein alter Boiler, der ein Jahrhundert auf freiem Feld vor sich hin gerostet hatte – wie ein Relikt aus der Zeit der großen Dampfmaschinen.

Der Botschafter des Zerstörerimperiums stand seinem Raumschiff an Grobschlächtigkeit in nichts nach: Er war eine massige Echse, gepanzert mit mächtigen Schuppen, die an schwere Steinplatten erinnerten. Zu seiner vollen Größe aufgerichtet, maß er an die zehn Meter. Er stellte sich selbst als »Weiser« vor, aber seine äußere Erscheinung und das Verhalten, das er im Folgenden an den Tag legte, führten dazu, dass man ihn bald nur noch »Beißer« nannte.

Als Beißers kleines Raumschiff vor dem Hauptsitz der Vereinten Nationen landete, riss sein Triebwerk einen tiefen Krater in den Boden, und die umherwirbelnden Gesteinssplitter schlugen unzählige Löcher in die Gebäudefront. Weil der außerirdische Botschafter zu groß war, um die Versammlungshalle zu betreten, trafen sich die Staatsoberhäupter mit ihm auf dem Platz vor dem Gebäude. Verletzt von dem splitternden Glas und Beton, hielten sich manche von ihnen Taschentücher an die Köpfe.

Der Boden erzitterte bei jedem Schritt, den Beißer auf sie zumachte. Seine Stimme war so markerschütternd, als würden die Dampfpfeifen von zehn Lokomotiven zugleich aufheulen. Vor der Brust hing ihm ein Übersetzungsgerät, ein plumper Kasten, der seine Worte ins Englische dolmetschte, obwohl seine Spezies – wie das Kristallmädchen – auch diese Sprache auf dem Weg zur Erde erlernt hatte. Zwar klang die ungehobelte Dolmetscherstimme deutlich gedämpfter als Beißers Donnerstimme, dennoch jagte sie den Zuhörern Angstschauder über den Rücken.

»Haha, was seid ihr bloß für zarte, weiße Würmchen! Ein drolliges Völkchen!«

Ringsum hielten sich alle die Ohren zu, bis sein Brüllen verebbt war und die Übersetzung folgte.

»Wir werden ein Jahrhundert miteinander verbringen«, fuhr er fort. »Ich glaube, wir werden uns mögen.«

»Eure Exzellenz!«, begann der Generalsekretär der Vereinten Nationen und blickte zu Beißer auf. »Wir sind äußerst besorgt darüber, welche Absicht Ihr großes Mutterschiff mit seinem Eintritt in unser Sonnensystem verfolgt.« Obwohl er geschrien hatte, klang seine Stimme so kläglich wie das Sirren einer Mücke.

Beißer richtete sich kerzengerade auf wie ein Soldat, der strammsteht, und der Boden erzitterte. »Das große Weltenzerstörerimperium wird die Erde verschlingen, damit es seine erhabene Reise fortsetzen kann! Das ist unabänderlich.«

»Aber was wird dann aus der Menschheit?«

»Das werde ich heute entscheiden.«

Die Staatsoberhäupter tauschten bedeutungsschwere Blicke miteinander, und der Generalsekretär nickte und erklärte: »Darüber müssen wir uns aber erst einmal eingehend beraten.«

Beißer schüttelte den Kopf. »Die Sache ist ganz einfach. Ich muss nur einmal kosten ...«

Mit diesen Worten streckte er seine mächtige Klaue aus und schnappte sich ein europäisches Staatsoberhaupt aus der Menge. Mit einem geübten Schwung schleuderte er den Mann in sein Maul und begann genüsslich zu kauen. Ob sein Opfer sich seine letzte Würde bewahren wollte oder von Grauen gelähmt war, konnte man nicht erkennen, jedenfalls gab es keinen Laut von sich. Man hörte nur das Knacken zersplitternder Knochen aus Beißers Maul. Nach einer halben Minute spuckte der Botschafter die Kleidung und die Schuhe seines Opfers aus, als wären es Melonenkerne. Die Kleidung war blutbesudelt, schien aber ansonsten unversehrt.

Schlagartig versank die Welt in eine Totenstille, die endlos zu währen schien. Dann brach eine menschliche Stimme das Schweigen.

»Wie konnten Sie ihn einfach so essen?«, fragte der Kommandant, der in den hinteren Reihen stand.

Der Koloss stampfte mit dröhnenden Schritten auf den Kommandanten zu. Die Menge machte ihm eine Gasse frei. Vor dem Kommandanten angekommen, fixierte Beißer den Fragesteller mit seinen basketballgroßen schwarzen Augen. »Hast du was dagegen?«

»Wie konnten Sie so sicher sein, dass er für Sie essbar ist? Biochemisch betrachtet, ist es nahezu ausgeschlossen, dass ein Lebewesen aus einer so fernen Welt als Nahrung geeignet ist.«

Beißer nickte und verzog sein gewaltiges Maul zu einer Art Grinsen. »Du bist mir gleich aufgefallen. Du hast mir ganz ruhig zugeschaut, als wärst du in Gedanken versunken. Worüber grübelst du denn so?«

Der Kommandant erwiderte sein Lächeln. »Sie atmen unsere Luft ein und kommunizieren mit uns durch Schallwellen. Sie haben zwei Augen, eine Nase, einen Mund und vier symmetrisch angeordnete Gliedmaßen …«

»Und das findest du seltsam?« Beißer senkte seinen riesigen Schädel zu dem Kommandanten herab und blies ihm seinen Atem ins Gesicht. Ein ekelerregender Gestank nach Fleisch und Blut schwängerte die Luft.

»Ganz richtig. Gerade weil mir die Grundlagen der Biochemie vertraut sind, finde ich das seltsam. Wir sollten einander nicht so ähnlich sein.«

»Ich finde auch etwas seltsam. Warum bist du so ruhig? Bist du ein Soldat?«

»Ja, ich gehöre zu den Kämpfern, die die Erde verteidigen.«

»Pah! Du schiebst doch bloß ein paar Steinchen herum. Glaubst du, das macht dich zum Krieger?«

»Ich bin bereit für größere Bewährungsproben«, erwiderte der Kommandant feierlich und blickte Beißer direkt in die Augen.

»Du bist ein drolliger kleiner Wurm!« Beißer nickte ihm grinsend zu, ehe er sich wieder aufrichtete. »Aber zurück zum eigentlichen Thema: dem Schicksal der Menschheit. Ihr schmeckt nicht schlecht. Euer Fleisch ist weich und zart, es erinnert mich an eine blaue Beere, die wir auf einem Planeten von Eridanus verspeist haben. Meinen Glückwunsch! Eure Spezies wird weiterbestehen. Wir werden euch als Kleinvieh in unserem Zerstörerimperium halten und mit einem Alter von sechzig Jahren auf den Markt bringen.«

»Haben Sie keine Angst, dass unser Fleisch dann schon zu alt ist?«, fragte der Kommandant spöttisch.

Beißer brach in ein brüllendes Gelächter aus. Seine Stimme dröhnte wie ein Feuer speiender Vulkan. »Hahahaha! Wir mögen unsere Leckerbissen gerne zäh!«

3

Ameisen

Die Vertreter der Vereinten Nationen hielten noch weitere Treffen mit Beißer ab. Zwar wurde dabei niemand mehr gefressen, aber am Schicksal der Menschheit änderten die Gespräche nichts.

Die nächste Zusammenkunft arrangierte man mit Bedacht an einer archäologischen Ausgrabungsstätte in Afrika.

Beißers Raumschiff landete pünktlich ein paar Dutzend Meter von der Fundstätte entfernt. Einmal mehr erinnerte die Landung an eine mächtige Explosion. Ringsumher wirbelten Sand und Gestein durch die Luft. Dem Mädchen von Eridanus zufolge wurde das Raumschiff von einem kleinen Kernfusionsreaktor angetrieben. Die menschlichen Wissenschaftler hatten diese und andere Informationen, die die Technologie des Weltenzerstörers betrafen, problemlos verstanden. Die Technologie der Eridaner dagegen stürzte sie in heillose Verwirrung. Der Kristall beispielsweise war nach seinem Eintritt in die irdische Atmosphäre geschmolzen, bis sein gesamtes interstellares Antriebssystem verschwunden war und nur noch eine dünne Kristallscheibe übrig blieb, die anmutig in der Luft schwebte.

Als Beißer zur Ausgrabungsstätte gestampft kam, überreichten ihm zwei Mitarbeiter der Vereinten Nationen einen

Bildband, dessen Größe – er maß einen Meter im Quadrat – sorgsam auf den außerirdischen Betrachter abgestimmt war. Prächtige Farbabbildungen zeigten auf Hunderten von Seiten die unterschiedlichsten Errungenschaften der menschlichen Zivilisation. Der Band wirkte wie ein besonders aufwendig gestaltetes Lehrbuch für Kinder.

Neben der großen Grube, in der die Ausgrabungen stattfanden, beschwor ein Archäologe in den lebhaftesten Farben die glorreiche Geschichte der menschlichen Zivilisation herauf. Verzweifelt bemühte er sich, dem außerirdischen Besucher die ungeheuren Schätze nahezubringen, die der blaue Planet barg. Er steigerte sich so in seine Erregung hinein, dass er zu schluchzen begann.

Am Ende seines melodramatischen Auftritts zeigte der Archäologe auf die Ausgrabungsstätte und rief: »Eure Exzellenz, sehen Sie doch: Dies sind die Ruinen einer Stadt, die wir gerade erst entdeckt haben. Diese Stadt ist fast fünfzigtausend Jahre alt. Das ist die älteste heute bekannte Stadt der Menschheitsgeschichte. Bringt Ihr Volk es wirklich übers Herz, eine so grandiose Zivilisation, die sich kontinuierlich über einen Zeitraum von fünfzigtausend Jahren entwickelt hat, einfach so auszulöschen?«

Beißer hatte unterdessen mit augenscheinlichem Vergnügen in dem Bildband geblättert. Bei den letzten Worten des Archäologen hob er den Kopf und warf einen Blick in die Grube. »He, Archäologenwurm, diese Grube und die alte Stadt da interessieren mich nicht. Aber ich möchte mir mal die Erde anschauen, die ihr dort herausgeholt habt.« Er zeigte auf einen mehrere Meter hohen Erdhaufen neben der Grube.

Völlig konsterniert von den Worten aus dem Dolmetschapparat, rief der Archäologe aus: »Die Erde? Aber in diesem Haufen ist doch nichts!«

»Das ist deine Meinung.« Beißer stampfte zu dem Haufen, beugte sich mit seinem gewaltigen Körper nieder und begann, mit seinen mächtigen Klauen in der Erde zu wühlen. Um ihn herum scharte sich ein Kreis von menschlichen Zuschauern, die die Geschicklichkeit seiner scheinbar so plumpen Klauen bestaunten. Ihr Besucher stocherte im lockeren Erdreich herum und setzte von Zeit zu Zeit irgendetwas Winziges auf den Bildband. Mehr als zehn Minuten lang ging er ganz in dieser Arbeit auf, dann richtete er sich mit dem Buch in den Klauen auf, trat zu den Menschen und zeigte ihnen, was er aufgelesen hatte.

Seine Zuschauer mussten sehr genau hinsehen, um seinen Fund zu erkennen: Es waren Hunderte von Ameisen, manche davon lebendig, andere im Tod zusammengekrümmt.

»Ich möchte euch eine Geschichte erzählen«, fing Beißer an. »Die Geschichte eines Königreichs. Es stammte von einem mächtigen Imperium ab, und die Reihe seiner Ahnherren reichte zurück bis ins Ende der Kreidezeit, als sie im Schatten gigantischer Dinosaurierskelette eine prächtige Stadt errichteten … Aber diese Ära sank in Vergessenheit, und die letzte Königin dieses Imperiums erinnerte sich nur noch, wie ein großer, endloser Winter angebrochen war. Gletscher bedeckten die Erde und begruben in Jahrmillionen entwickelte Lebensformen unter sich. Alles Leben hing an einem seidenen Faden. Als die Königin aus ihrem letzten Winterschlaf erwachte, konnte sie nicht einmal mehr ein Hundertstel ihrer

Untertanen zu sich rufen. Alle anderen hatten in der Kälte den Tod gefunden, und manche von ihnen waren schon zu durchsichtigen, hohlen Hüllen gefroren. Die Königin betastete die Mauern ihrer Stadt: Sie waren kalt wie Eis und hart wie Metall. Da begriff sie, dass die Erde gefroren war und bei dieser bitteren Kälte selbst im Sommer nicht tauen würde. Sie fasste einen Entschluss: Ihr Volk würde das Land seiner Ahnen verlassen und eine Gegend suchen, wo die Erde nicht gefroren war, um dort ein neues Königreich zu errichten. Also führte die Königin die Überlebenden ihres Volkes an die Oberfläche, und sie traten die mühselige Reise über die mächtigen Gletscher an. Die meisten Untertanen gingen auf dieser endlosen Odyssee an der Kälte zugrunde, aber einige wenige erreichten schließlich gemeinsam mit der Königin einen Flecken Land, der nicht gefroren war, weil die aufsteigende Erdwärme den Boden erwärmte. Warum inmitten all der bitteren Kälte ausgerechnet dieses kleine Stückchen Land so feucht und fruchtbar war, ahnte die Königin zwar nicht, aber ihre glückliche Ankunft nahm sie trotzdem als etwas Selbstverständliches – ein Volk wie das ihre, das auf eine Geschichte von sechzig Millionen Jahren zurückblickte, würde niemals untergehen! Über sich die fahle Sonne, um sich herum die von Gletschern überzogene Erde, verkündete die Königin, auf diesem Flecken Land ein neues großes Reich errichten zu wollen – ein Reich, das die Zeiten überdauern sollte. Weil sie am Fuß eines mächtigen weißen Berges stand, taufte sie ihr neues Imperium das ›Reich des Weißen Berges‹. In Wahrheit war der Berg ein Mammutschädel, und die Gründung des neuen Reiches fiel in das ausgehende quartäre

Eiszeitalter im Pleistozän. Ihr Menschenwürmer habt damals noch als stumpfsinnige Tiere bibbernd in ein paar Höhlen gekauert. Erst neunzigtausend Jahre später hat auf einem anderen Kontinent in der mesopotamischen Ebene eure Zivilisation ihren ersten schwachen Schimmer verbreitet. Indem es sich von den gefrorenen Überresten toter Mammuts ernährte, überstand das Volk des Weißen Berges neunzigtausend entbehrungsreiche Jahre. Dann endete die Eiszeit, der Frühling kehrte zurück auf die Erde, und ein Teppich aus Grün überzog von Neuem die Kontinente. Inmitten dieser mächtigen Explosion des Lebens trat das Reich des Weißen Berges in seine Blütezeit ein: Es umfasste nun Myriaden von Untertanen und ein ausgedehntes Territorium. In den nächsten Jahrtausenden sah es zahllose Dynastien kommen und gehen, und unzählige Epen rankten sich um seine Geschichte.«

Beißer zeigte auf die große Grube vor ihnen. »Dies war die letzte Stätte dieses Reichs. Während ihr Archäologenwürmer ganz versessen darauf wart, eure Stadt auszugraben, die seit fünfzigtausend Jahren tot ist, habt ihr nicht im Traum daran gedacht, dass die obere Erdschicht eine lebendige Stadt beherbergen könnte. In ihren Ausmaßen stand sie einer Stadt wie New York in nichts nach – mit dem Unterschied, dass New York bloß auf einer zweidimensionalen Fläche errichtet ist. Diese Stadt dagegen war eine dreidimensionale Metropole mit einer Vielzahl von Ebenen, und jede dieser Ebenen bestand aus einem dichten Gewirr labyrinthischer Straßen, weiträumiger Plätze und prächtiger Paläste. Und auch das Kanalisations- und Brandschutzsystem dieser Stadt war wesentlich ausgefeilter als das von New York. Die Stadt zeichnete sich durch ihre komplexe soziale Struktur und ihre strenge Arbeitsteilung aus. Die ganze Gesellschaft funktionierte so hocheffizient und präzise wie eine Maschine. Es gab keine Drogenprobleme und keine Verbrechen, keinen sittlichen Verfall und keine geistige Verwirrung. Aber die Einwohner waren durchaus nicht gefühllos: Wenn einer der Ihren starb, zeigten sie eine anhaltende Trauer. An der Oberfläche in der Nähe ihrer Stadt hatten sie sogar einen Friedhof mit Gräbern drei Zentimeter unter der Erde. Aber das Bemerkenswerteste war: Auf der tiefsten Ebene der Stadt befand sich eine gewaltige Bibliothek mit einer enormen Zahl von kleinen ovalen Behältern. Jeder dieser Behälter war ein Buch aus chemischen Botenstoffen, die so komplex zusammengesetzt waren, dass man mit ihnen alle erdenklichen Informationen übermitteln konnte. Hier wurden die epischen Aufzeichnungen von der langen Geschichte des Königreichs verwahrt; hier konnte man nachlesen, wie sämtliche Bewohner des Reichs, als einmal in ihrem Wald eine Feuersbrunst ausbrach, sich in einer heldenhaften Anstrengung zu unzähligen Klumpen aneinanderballten und dem Feuer entkamen, indem sie sich einen Bach hinuntertreiben ließen; hier konnte man die Chronik des hundertjährigen Kriegs zwischen ihrem Reich und dem Imperium der Termiten finden oder den Bericht darüber, wie ein Expeditionstrupp zum ersten Mal das Meer erblickte … All das fiel in nur drei Stunden der Zerstörung anheim. Unter einem ohrenbetäubenden Dröhnen schoben sich riesige stählerne Baggerschaufeln vor den Himmel und senkten sich herab. Sie schaufelten das Erdreich der Stadt ab und zermalmten alles darin, selbst die unterste Schicht, in der die Kinder

der Stadt ruhten und Zehntausende schneeweißer Eier, die noch zu Kindern hätten heranwachsen sollen.«

Wieder versank die Welt in Totenstille, aber diesmal hielt die Stille noch länger an als das erste Mal, als Beißer einen Mann gefressen hatte. Im Angesicht des außerirdischen Botschafters war die Menschheit zum ersten Mal sprachlos.

Endlich brach Beißer das Schweigen. »Wir werden noch lange miteinander zu tun haben, und es wird noch viel zu besprechen geben. Das Gerede von der Moral lassen wir dabei besser bleiben. Im Universum ist dergleichen ohne Bedeutung.«

4

Beschleunigung

Beißer ließ die Menschen an der archäologischen Ausgrabungsstätte in tiefer Verstörung und Verzweiflung zurück. Wieder war es der Kommandant, der als Erster die Sprache wiederfand. »Ich weiß, dass ich ein Niemand bin«, wandte er sich an die umstehenden Staats- und Regierungschefs. »Nur weil ich als Erster Kontakt mit den zwei außerirdischen Zivilisationen hatte, darf ich an diesen Zusammenkünften teilnehmen. Ich will bloß zwei Dinge sagen. Erstens: Beißer hat Recht. Zweitens: Unser einziger Ausweg ist es zu kämpfen.«

»Kämpfen? Ach, Kommandant, kämpfen …« Der Generalsekretär lächelte gequält und schüttelte den Kopf.

»Ja, kämpfen! Kämpfen! Kämpfen!«, schrie das Mädchen von Eridanus und brach mit ihrem wogenden Haar in einen überschwänglichen Tanz aus, während ihre Kristallscheibe ein paar Meter über den Köpfen der Menschen im hellen Sonnenschein schwebte.

»Ihr Eridaner habt auch gekämpft«, rief jemand dazwischen. »Und was war das Ende vom Lied? Wir müssen an das Überleben unserer Art denken! Wir sind nicht verpflichtet, euren krankhaften Rachedurst zu stillen.«

»Nein«, widersprach der Kommandant und wandte sich an alle. »Die Eridaner haben in völliger Unkenntnis ihres Feindes einen Verteidigungskrieg geführt. Obendrein lebten sie in einer Gesellschaft, die keinerlei Krieg kannte. Deshalb war ihre Niederlage auch unausweichlich. Aber im Laufe ihres verzweifelten, hundert Jahre währenden Krieges haben sie sich genaue und gründliche Kenntnisse des Weltenzerstörers angeeignet, und dank ihres Raumschiffs sind diese umfangreichen Informationen nun in unsere Hände gelangt. Das ist unser Vorteil. Erste nüchterne Untersuchungen der Daten haben ergeben, dass der Weltenzerstörer durchaus nicht so furchteinflößend ist, wie wir anfangs geglaubt haben. Zunächst einmal übersteigt der Weltenzerstörer, abgesehen von seiner schier unvorstellbaren Größe, unseren wissenschaftlichen Erkenntnisstand nur um Weniges. Was die Lebensformen angeht – angeblich wohnen auf dem Raumschiff zehn Milliarden Lebewesen –, so sind sie kohlenstoffbasiert genau wie unsere, und auch in der Molekularstruktur sind wir einander äußerst ähnlich. Diese gemeinsamen biologischen Grundlagen ermöglichen uns ein gründliches und umfassendes Verständnis unseres Feindes. Wir sollten uns glücklich schätzen. Stellen Sie sich nur einmal vor, wir sähen uns Angreifern gegenüber, die aus Kraftfeldern und der Materie von Neutronensternen bestünden! Noch mehr Hoffnung sollte uns etwas anderes machen: Der Weltenzerstörer verfügt kaum über irgendwelche ›Supertechnologien‹. Seine Zivilisation befindet sich zwar auf einem weit höheren technologischen Niveau als die unsere, aber das drückt sich vor allem in der Quantität aus, nicht in den theoretischen Grundlagen. Die Hauptenergiequelle für das Antriebssystem des Weltenzerstörers ist die Kernfusion. Die Wasserressourcen, die er von fremden Planeten plündert, dienen nicht nur der Lebenserhaltung seiner Bewohner, sondern vor allem als Brennstoff für seine Wasserstofffusion. Seine Antriebstechnologie basiert auf dem Rückstoßprinzip gemäß dem Impulserhaltungssatz und nicht auf irgendwelchen Wundertechnologien wie Raumzeitsprüngen.«

Der Kommandant hielt kurz inne, ehe er fortfuhr: »Für unsere Wissenschaftler mag das eine tiefe Enttäuschung bedeuten – schließlich handelt es sich beim Weltenzerstörer um eine Zivilisation mit einer Geschichte von mehreren Millionen Jahren. Sein technologisches Niveau zeigt uns die Grenzen von Wissenschaft und Technik auf. Gleichzeitig aber vermittelt es uns die Erkenntnis, dass unser Feind kein unbesiegbarer Gott ist.«

»Aber ist das Grund genug, um siegesgewiss zu sein?«, fragte der Generalsekretär.

»Natürlich liegen uns noch viele Detailinformationen vor, auf deren Grundlage wir in der Lage sein sollten, eine Strategie mit einer hohen Erfolgswahrscheinlichkeit zu entwickeln. Zum Beispiel …«

»Beschleunigung! Beschleunigung!«, rief das Mädchen von Eridanus über ihren Köpfen dazwischen.

Der Kommandant erklärte seinen verdutzten Zuhörern: »Aus den Informationen, die die Eridaner uns übermittelt haben, geht hervor, dass der Weltenzerstörer nur über eine begrenzte Fähigkeit zur Beschleunigung verfügt. Während ihrer zweihundert Jahre langen Beobachtungen haben die Eridaner es nicht einmal erlebt, dass der Weltenzerstörer dieses Limit überschritten hätte. Zur Verifizierung dieser Vermutung haben wir auf der Grundlage der eridanischen Daten zu seiner Struktur und zur Materialstärke seiner Baukomponenten ein mathematisches Modell geschaffen. Unsere Berechnungen im Rahmen dieses Modells haben die Beobachtungen der Eridaner bestätigt: Der Weltenzerstörer unterliegt in seiner Beschleunigung einem Limit, das durch seine strukturelle Stabilität vorgegeben ist. Überschreitet er diese Grenze, wird es den Koloss in Stücke reißen.«

»Na und?«, fragte das Oberhaupt einer großen Nation wenig beeindruckt.

»Wir sollten einen kühlen Kopf bewahren und gründlich darüber nachdenken«, erwiderte der Kommandant lächelnd.

5

Zuflucht auf dem Mond

Endlich kam ein wenig Bewegung in die Verhandlungen zwischen der Menschheit und dem außerirdischen Botschafter. Beißer gab dem Wunsch der Menschen nach, auf dem Mond eine Zuflucht zu finden.

»Wir Menschen sind heimatliebende Wesen«, erklärte der Generalsekretär während einer der Sitzungen mit Tränen in den Augen.

»Das sind wir Zerstörer auch, obwohl wir keine Heimat mehr haben«, nickte Beißer mitfühlend.

»Könnten Sie dann nicht einigen von uns erlauben zurückzubleiben? Wenn das große Weltenzerstörerimperium die Erde wieder ausgespuckt und sich der geologische Wandel wieder gelegt hat, könnte diese Gruppe auf die Erde zurückkehren und eine neue Zivilisation aufbauen.«

Beißer schüttelte den Kopf. »Wenn unser Imperium etwas verschlingt, dann leistet es ganze Arbeit. Die Erde wird danach noch öder sein als der Mars. Mit eurer Würmchentechnik werdet ihr unmöglich eine neue Zivilisation aufbauen können.«

»Wir müssen es zumindest versuchen. Dann finden unsere Seelen Frieden. Das ist gerade für diejenigen von uns wichtig, die im Weltenzerstörerimperium als Kleinvieh gehalten werden sollen. Bei der Erinnerung daran, dass sie in einem fernen Sonnensystem noch ein Zuhause haben, werden sie mehr Fleisch ansetzen, selbst wenn dieses Zuhause in Wahrheit gar nicht mehr existieren sollte.«

Beißer nickte. »Aber wohin sollen diese Leute gehen, wenn wir die Erde verschlingen? Neben der Erde werden wir auch die Venus verspeisen. Jupiter und Neptun sind zu groß für uns, aber wir werden ihre Monde verschlingen, denn wir brauchen ihren Kohlenwasserstoff und ihr Wasser. Selbst von Mars und Merkur, so karg sie auch sind, wollen wir uns ein paar Happen nehmen, denn wir möchten an ihr Kohlendioxid und ihre Metalle herankommen. Die Oberfläche all dieser Himmelskörper wird sich in ein Meer aus Feuer verwandeln.«

»Wir können auf dem Mond Zuflucht suchen. Soweit wir wissen, will das Weltenzerstörerimperium ohnehin erst den Mond aus seiner Umlaufbahn drängen, ehe es die Erde verschlingt.«

Beißer nickte wieder. »Das stimmt. Wenn sich unser Imperium und die Erde zu einem Himmelskörper vereinen, wird ihre gemeinsame Gravitationskraft so groß sein, dass der Mond auf unseren äußeren Ring stürzen könnte. Ein derartiger Zusammenprall wäre verheerend genug, um unser Imperium zu zerstören.«

»Na bitte, dann lassen Sie doch ein paar von uns dort bleiben. Für Sie wird das kein großer Verlust sein.«

»Wie viele wollt ihr denn dort lassen?«

»Einhunderttausend. Das ist das Minimum, um unsere Zivilisation bewahren zu können.«

»In Ordnung, aber dafür müsst ihr auch ein bisschen arbeiten.«

»Arbeiten? Was denn arbeiten?«

»Den Mond aus seiner Umlaufbahn schieben. Das wäre für uns sonst eine ziemlich lästige Angelegenheit.«

»Aber …« Der Generalsekretär fuhr sich verzweifelt durchs Haar. »Dann können Sie uns unsere bescheidene kleine Bitte auch gleich abschlagen! Sie wissen doch genau, dass wir nicht über die nötigen technologischen Mittel verfügen.«

»Pah, du Wurm, was schert mich das! Außerdem habt ihr doch noch ein Jahrhundert Zeit, oder nicht?«

6

Die Bombensaat

Auf der weiß schimmernden Mondebene hatte sich eine Schar Menschen in Raumanzügen neben einem hohen Bohrturm versammelt. Ein Stück weiter hatte sich der mächtige Botschafter des Weltenzerstörerimperiums aufgebaut wie ein zweiter Bohrturm. Gemeinsam beobachteten sie, wie ein stählerner Zylinder langsam von der Spitze des Turms herabgelassen wurde und in den Schacht darunter sank. Das Seil glitt geschwind in die Tiefe hinab. Dreihundertachtzigtausend Kilometer entfernt verfolgte die ganze Erde diese Szene. Dann kam ein Signal: Die Traglast hatte den Grund des Schachts erreicht. Zur Feier dieses historischen Moments brachen alle Zuschauer, darunter auch Beißer, in Applaus aus.

Nun war auch die letzte der Atombomben, die den Mond aus seiner Bahn schleudern sollten, an ihrem Platz. Seit der Kristall von Eridanus und der Botschafter des Weltenzerstörers auf der Erde angekommen waren, war ein Jahrhundert vergangen.

Es war ein Jahrhundert der Verzweiflung gewesen, ein Jahrhundert erbitterter Bemühungen.

In der ersten Hälfte hatte die Welt alles daran gesetzt, eine Maschine zu bauen, die den Mond aus seiner Bahn drängen konnte. Aber eine solche Supermaschine nahm nie Gestalt an. Die Prototypen, die man versuchsweise einsetzte, endeten als Schrottberge auf der Mondoberfläche, und dazwischen schimmerte ein See aus Stahl von den Motoren, die bei einem Probelauf unter der Hitze der Kernfusion geschmolzen waren.

Die Menschheit hatte auch den Botschafter des Weltenzerstörers um technische Unterstützung gebeten – schließlich mussten die Motoren, die man brauchte, um den Mond beiseitezuschieben, nicht einmal ein Zehntel der Leistungskraft aufbringen, die die unzähligen gewaltigen Antriebswerke des Imperiums besaßen.

Doch Beißer hatte für die Bitte nur Spott übrig: »Glaubt bloß nicht, ihr könntet einen planetaren Antriebsmotor konstruieren, nur weil ihr versteht, wie die Kernfusion funktioniert. Von einem Knallkörper zu einer Rakete ist es ein weiter Weg. Eigentlich könntet ihr euch all die Mühe sparen. In der Milchstraße ist es ganz normal, dass eine schwächere Spezies zum Kleinvieh einer anderen Spezies wird. Ihr werdet entdecken, was für ein herrliches Leben ihr als Vieh führt. Ihr müsst euch um nichts mehr Sorgen machen und seid glücklich bis an euer Lebensende. Manche Zivilisationen haben uns vergeblich angefleht, unser Vieh werden zu dürfen. Wenn euch der Gedanke trotzdem Unbehagen bereitet, liegt das allein an eurem überholten Anthropozentrismus.«

Also setzte die Menschheit all ihre Hoffnungen in den Kristall von Eridanus – und wieder wurde sie enttäuscht. Die eridanische Zivilisation hatte einen gänzlich anderen technologischen Entwicklungsweg eingeschlagen als die der Menschen und des Weltenzerstörers: Ihre Technologie basierte ausschließlich auf den Organismen ihres Planeten. Der Kristall beispielsweise hatte in einem Ozean in einer symbiotischen Beziehung mit einer Planktonart gelebt. Die Eridaner hatten lediglich die besonderen Fähigkeiten der Organismen ihrer Welt miteinander kombiniert und genutzt, ohne ihre tieferen Geheimnisse zu verstehen. Ohne ihren Heimatplaneten war ihre Technologie wertlos.

Nachdem über fünfzig kostbare Jahre vergeudet worden waren, verfiel die Menschheit in ihrer Verzweiflung plötzlich auf eine Idee, die geradezu verrückt klang. Der Kommandant war der Erste, der den neuen Plan aufwarf. Er spielte inzwischen eine führende Rolle beim Projekt der Mondverschiebung und war in den Rang eines Marschalls befördert worden. So wahnwitzig sein Plan auch klang, technisch war er mit den Mitteln, die der Menschheit zur Verfügung standen, durchaus machbar, sodass sich viele wunderten, warum niemand früher auf diese Idee gekommen war.

Der Plan war denkbar simpel: Auf einer Seite des Mondes würde man eine große Menge von Atombomben platzieren, und zwar in einer durchschnittlichen Tiefe von dreitausend Metern. Die Abstände zwischen den Bomben würden groß genug sein, dass keine von ihnen durch die Explosion einer anderen zerstört würde. Insgesamt fünf Millionen Bomben würden auf der »Schubseite« des Mondes vergraben werden. Im Vergleich mit jeder einzelnen von ihnen wirkten selbst die zerstörerischsten Atomwaffen, die die Menschheit zur Zeit des Kalten Krieges gebaut hatte, nur wie konventionelle Waffen.

Wenn diese äußerst mächtigen Sprengsätze unter der Oberfläche des Mondes explodieren würden, würden sie eine unvergleichlich größere Wirkung entfalten als die Kernwaffentests früherer Zeiten, deren Sprengkraft tief in der Erde verpuffte. Die Explosionen würden eine komplette Schicht des Mondes absprengen. Dank der niedrigen Schwerkraft des Erdtrabanten würde das gesprengte Gestein Fluchtgeschwindigkeit erreichen und in den Weltraum hinausgeschleudert werden, während die Explosion eine enorme Schubkraft auf den Mond ausübte.

Wenn man in rascher Folge eine ausreichende Menge von Bomben detonieren ließ, würden sich diese Impulse zu einer kontinuierlichen Schubkraft verbinden, die den Mond wie ein starker Motor antreiben würde. Und indem man die Explosionen an unterschiedlichen Orten auslöste, würde man die Flugbahn des Mondes kontrollieren können.

Der endgültige Plan ging allerdings noch einen Schritt weiter: Er sah vor, dass man nicht eine, sondern zwei Schichten von Bomben platzierte. Die zweite Schicht würde in einer Tiefe von rund sechstausend Metern vergraben werden. Wenn die obere Schicht detoniert und mit ihr die oberen drei Kilometer Mondmaterie auf der Schubseite fortgerissen wären, würde die zweite Schicht in einer Welle von Explosionen zum Einsatz kommen. Dies würde die Zeitdauer verdoppeln, während der dieser »Motor« den Mond antreiben konnte.

Als das Mädchen von Eridanus von diesem Plan hörte, meinte sie, die Menschheit hätte den Verstand verloren. »Jetzt weiß ich Bescheid. Wenn ihr die technologischen Möglichkeiten des Weltenzerstörers hättet, würdet ihr euch noch barbarischer als er aufführen!«

Beißer dagegen war voll des Lobes. »Haha! Wer hätte

gedacht, dass ihr Würmer so eine großartige Idee haben könntet. Ich bin begeistert! Das ist so herrlich primitiv – und was gibt es Schöneres als das Primitive!«

»So ein Unsinn! Wie kann das Primitive schön sein!«, empörte sich das Mädchen von Eridanus.

»Aber natürlich ist das Primitive schön! Nichts ist primitiver als das Universum. Sind Sterne, die in den schwarzen, eisigen Tiefen des Weltalls wie entfesselt brennen, etwa nicht primitiv? Das Universum ist männlich, kapiert? So eine weibische Zivilisation wie eure, so schwächlich und verzärtelt, war nur eine bedeutungslose Anomalie in einem kleinen Winkel des Weltraums!«

Hundert Jahre waren vergangen, aber Beißer strotzte noch immer vor Vitalität, und auch das Mädchen von Eridanus war noch so quirlig und entzückend wie eh und je. Nur der Marschall fühlte das Gewicht der Zeit. Er war ein alter Mann geworden, ein Mann von hundertfünfunddreißig Jahren.

Zu diesem Zeitpunkt hatte der Weltenzerstörer bereits die Umlaufbahn von Pluto passiert. Er war aus dem sechzigtausend Jahre währenden Schlaf erwacht, der mit seinem Abflug von Epsilon Eridani begonnen hatte. Nun verbreitete sein riesiger Ring einen strahlenden Glanz in den Weiten des Alls, und seine Milliarden von Bewohnern machten sich bereit, das Sonnensystem auszurauben.

Nachdem der Weltenzerstörer die äußeren Planeten geplündert hatte, schlug er die kürzeste Flugbahn zur Erde ein.

7

Der erste und letzte interplanetare Krieg der Menschheit

Die Beschleunigung des Mondes weg von der Erde hatte begonnen.

Als die ersten Bomben detonierten, hing der Mond über der Tagseite der Erde. Jede Explosion erhellte ihn wie ein flüchtiger Blitz. Es war, als wäre am Himmel ein unaufhörlich blinzelndes silbernes Auge aufgetaucht. Bei Einbruch der Nacht leuchteten die Blitze vom Mond immer noch über eine Entfernung von fast vierhunderttausend Kilometern hinweg. Auf der Mondrückseite konnte man nun auch einen blassen Silberstreif sehen. Er setzte sich aus dem Gestein zusammen, das von der Oberfläche ins Weltall gesprengt worden war. Die Kameras, die auf der Schubseite installiert waren, zeigten, wie die oberste Schicht des Gestirns ins All geschleudert wurde wie eine gewaltige Flut, die sich bald zu einem fernen Streifen verflüchtigte. An diesem Streifen, dünn wie ein Spinnwebfaden, der sich zur Erde krümmte, ließ sich die immer schneller werdende Flugbahn des Mondes ablesen.

Aber die Aufmerksamkeit der Menschheit galt einer anderen Grauen einflößenden Szene: Der gigantische Ring des Weltenzerstörers war der Erde so nahe gekommen, dass er mit seiner Gravitationskraft eine ungeheure Flut heraufbeschworen hatte. Sämtliche Küstenstädte wurden zerstört.

Die Triebwerke auf der Hinterseite des Weltenzerstörers verströmten einen blauen Glanz, während er seine letzten Flugkorrekturen vornahm. Schließlich bewegte er sich synchron zur Erde um die Sonne, während seine Rotationsachse exakt auf die irdische abgestimmt war. Dann senkte er sich langsam weiter auf die Erde herab, um seinen Ring um sie herum zu schließen.

Die Beschleunigung des Mondes hielt schon zwei Monate an. In dieser Zeit war alle paar Sekunden eine Bombe unter seiner Oberfläche detoniert – insgesamt über zweieinhalb Millionen Sprengladungen. Als er in seinen zweiten Orbit um die Erde eintrat, zwang seine Beschleunigung den Mond in eine stark elliptische Bahn. Nun näherte er sich dem Ende dieser Ellipse. Aus diesem Anlass hatte der Marschall Beißer eingeladen, mit ihm gemeinsam von der Vorderseite des Mondes aus das astronomische Spektakel zu verfolgen.

Während beide auf einer Ebene standen, die von einem Ring aus Kratern umgeben war, fühlten sie unter ihren Füßen die Erschütterungen, die von der anderen Seite des Mondes herüberdrangen. Es war, als könnten sie im Innern des Erdtrabanten ein mächtiges Herz schlagen hören. Gleißend hell hob sich vor dem schwarzen All der ungeheure Ring des Weltenzerstörers ab. Er nahm den halben Himmel ein.

»Großartig, Marschallwurm, ganz großartig!«, donnerte Beißer voll aufrichtiger Anerkennung. »Aber ihr solltet euch beeilen. Ihr habt nur noch eine Umlaufbahn zur Beschleunigung, und das Weltenzerstörerimperium pflegt auf niemanden zu warten. Und ich habe noch eine Frage: Die Städte, die ihr vor zehn Jahren unter der Mondoberfläche errichtet habt, sind noch leer – wann sollen die Siedler hierherkommen? Wie wollt ihr mit euren Raumschiffen in einem Monat hunderttausend Menschen herbringen?«

»Wir werden niemanden hierherbringen«, erwiderte der Marschall ruhig. »Wir sind die letzten Menschen auf dem Mond.«

Verdutzt drehte sich Beißer um. Nun begriff er, wen der Marschall mit »wir« meinte: die fünftausend Soldaten der irdischen Weltraumtruppen. Auf der Ebene vor den Bergen ringsum hatten sie sich zu einer Phalanx formiert. An ihrer Spitze reckte ein Soldat eine blaue Flagge in die Höhe.

»Sehen Sie?«, sagte der Marschall. »Das ist die Flagge unseres Planeten. Hiermit erklären wir dem Weltenzerstörerimperium den Krieg!«

Wie vor den Kopf geschlagen stand Beißer da. Im nächsten Moment wurde er zu Boden geschleudert, so abrupt hatte die Gravitationskraft des Mondes zugenommen. Vollkommen überrumpelt lag er auf dem Rücken, während der Mondstaub, den sein gewaltiger Körper aufgewirbelt hatte, langsam herabrieselte.

Gleich darauf jedoch wurde der Staub wieder hochgeschleudert, diesmal von den schweren Schockwellen, die von der anderen Seite des Trabanten herüberdrangen. Die Erschütterung war so stark, dass sich über die ganze Ebene eine Decke aus bleichem Staub legte.

Beißer begriff: Die Zahl der Atomexplosionen auf der anderen Seite des Mondes war schlagartig um ein Mehrfaches gestiegen. Aus dem jähen Anstieg der Gravitationskraft folgerte er, dass auch die Beschleunigung des Mondes entsprechend zugenommen hatte. Er wälzte sich zur Seite und zog aus der Brusttasche seines Raumanzugs einen klobigen Taschencomputer. Nachdem er die momentane Flugbahn des Mondes erfragt hatte, erkannte er: Wenn der Trabant weiter derart dramatisch beschleunigt würde, dann würde er seine geschlossene Bahn verlassen und, befreit von der Gravitationskraft der Erde, ins All stürzen. Eine rot leuchtende, gestrichelte Linie zeigte seine erwartete Flugrichtung an.

Der Mond war auf Kollisionskurs mit dem Weltenzerstörer.

Achtlos ließ Beißer seinen Computer fallen und erhob sich langsam. Er blickte zur Phalanx der irdischen Truppen: Ungeachtet der sprunghaft angestiegenen Gravitationskraft stand sie inmitten der Wogen aus Staub wie ein Fels in der Brandung.

»Hundert Jahre Intrige«, murmelte Beißer.

Der Marschall nickte. »Sie haben lange gebraucht, um das zu durchschauen.«

Beißer stieß einen tiefen Seufzer aus. »Ich hätte mir denken müssen, dass ihr Menschen eine völlig andere Spezies seid als die Eridaner. In der eridanischen Welt hatte sich das Leben auf einer symbiotischen Grundlage entwickelt, und es gab keine natürliche Selektion und keinen Überlebenskampf, geschweige denn eine Ahnung, was Krieg ist.« Nach einem Moment des Nachdenkens fuhr er fort: »Mit ähnlichen Augen haben wir auch euch Erdbewohner gesehen – dabei habt ihr, seit ihr von den Bäumen herabgekommen seid, nicht mehr aufgehört, euch gegenseitig zu massakrieren. Wie solltet ihr genauso leicht zu unterwerfen sein! Ich … habe auf unentschuldbare Weise meine Pflicht vernachlässigt.«

»Die Eridaner haben uns eine große Menge an wertvollen Informationen geliefert, darunter auch zum Beschleunigungslimit des Weltenzerstörers«, erwiderte der Marschall. »Dieses Limit ist der Schlüssel für unsere Kriegsstrategie: Wenn wir mit den Bomben den Mond auf eine andere Flugbahn lenken, können wir ihn auf das Dreifache vom Limit des Weltenzerstörers beschleunigen. Das bedeutet: Der Mond ist dann dreimal so beweglich wie Ihr Zerstörer. Deshalb können Sie einer Kollision unmöglich entkommen.«

»In Wahrheit haben wir uns auch nicht ganz und gar in Sicherheit gewiegt«, sagte Beißer. »Als ihr angefangen habt, massenweise Atombomben herzustellen, haben wir laufend überwacht, was ihr mit den Bomben macht. Wir wollten sichergehen, dass ihr sie auch wirklich unter der Mondoberfläche vergrabt. Aber wir hätten nicht gedacht, dass …«

Hinter seinem Visier lächelte der Marschall. »Wir sind nicht so dumm, den Weltenzerstörer direkt mit unseren Bomben anzugreifen. Ihr Imperium mit all seiner Schlachtenerfahrung würde unsere primitiven Lenkraketen mühelos auf halbem Weg abfangen. Aber einen so großen Himmelskörper wie den Mond könnt auch Ihr nicht so einfach aufhalten. Vielleicht wärt Ihr sogar stark genug, den Mond in Stücke zu sprengen oder umzulenken, aber dafür ist die Distanz jetzt zu kurz und die Zeit zu knapp.«

»Ihr hinterlistigen, heimtückischen, boshaften Würmer!«, stieß Beißer grimmig hervor. »Das Weltenzerstörerimperium ist eine ehrliche Zivilisation. Wir sagen, was wir denken. Aber jetzt habt ihr hinterhältigen Erdenwürmer uns betrogen.« In seiner blinden Wut war er drauf und dran, den Marschall mit seinen mächtigen Klauen zu packen. Aber angesichts der Sturmgewehre, die die Soldaten auf ihn gerichtet hielten, zügelte er sich. Er hatte nicht vergessen, dass auch er bloß ein Wesen aus Fleisch und Blut war und ihn ein Feuerstoß das Leben kosten würde.

»Wir ziehen jetzt von hier ab«, sagte der Marschall zu Beißer, »und ich rate Ihnen, das Gleiche zu tun, wenn Sie nicht im Bombenhagel Ihres Imperiums ums Leben kommen wollen.«

Der Marschall sollte Recht behalten. Beißer und die irdischen Weltraumtruppen hatten kaum den Mond verlassen, da schlugen auf ihm schon die ersten Abfangraketen des Weltenzerstörers ein. Der Mond war nun auf zwei Seiten in gleißendes Licht getaucht. Auch auf der Vorderseite wurden Unmengen von Gestein ins All gesprengt – aber anders als auf der Schubseite gegenüber schossen die Gesteinsbrocken hier ziellos in alle Richtungen. Von der Erde aus mutete der Mond wie ein Krieger an, der mit zornig flatternder Mähne und unaufhaltsamer Wucht auf den Weltenzerstörer zustürmte. Wo auch immer man auf Erden dieses kosmische Schauspiel verfolgen konnte, brachen Massen von Menschen in wilden Jubel aus.

Bald gab der Weltenzerstörer den Versuch auf, den Mond abzufangen, denn er hatte erkannt, wie sinnlos seine Bemühungen waren. In der kurzen Zeitspanne, bevor der Mond mit ihm zu kollidieren drohte, war jeder Versuch, den Trabanten umzulenken oder gar in Stücke zu sprengen, zum Scheitern verurteilt.

Auch auf der anderen Seite des Mondes verebbten die Atomexplosionen. Der Trabant hatte bereits genug Tempo aufgenommen, und die irdischen Truppen wollten sich für spätere letzte Kurskorrekturen noch genügend Bomben aufheben.

Stille senkte sich über das All. Schweigend rasten der Weltenzerstörer und der Erdtrabant aufeinander zu. Die Entfernung zwischen ihnen schrumpfte rapide. Als sie nur noch bei fünfhunderttausend Kilometern lag, schien der Mond, vom Schiff des irdischen Oberkommandos aus betrachtet, sich schon im Ring des Weltenzerstörers zu bewegen wie eine Stahlkugel in einem Kugellager.

Bis dahin hatte der Weltenzerstörer seinen Kurs unverändert beibehalten. Die Erklärung dafür war denkbar einfach: Jedes verfrühte Ausweichmanöver hätte der Mond mühelos erwidern können. Sollte ein solches Manöver Aussicht auf Erfolg haben, durfte es erst im letzten Moment vor der drohenden Kollision erfolgen. Das kosmische Duell ähnelte einem Lanzenstechen zwischen zwei Rittern: Der Anlauf, den die Kontrahenten auf ihren Pferden nahmen, mochte noch so groß sein, Sieg und Niederlage entschieden sich in dem kurzen Moment, bevor sie aufeinanderprallten.

Zwei große Zivilisationen der Milchstraße hielten den Atem an und erwarteten den Augenblick der Entscheidung.

Als die Entfernung zwischen ihnen auf dreihundertfünfzigtausend Kilometer geschrumpft war, begannen beide Gegner mit ihren Kursänderungen. Mit einem zehntausend Kilometer langen blauen Feuerschweif aus seinen Triebwerken startete der Weltenzerstörer sein Ausweichmanöver. Sein Gegner löste auf dem Mond eine heftige Welle nuklearer Detonationen von ungeahnter Dichte und Frequenz aus, um den Angriffskurs des Trabanten entsprechend zu korrigieren. An der Krümmung seiner Trümmerspur konnte man den Kurswechsel klar erkennen. Der zehntausend Kilometer lange blaue Flammenschweif des Weltenzerstörers verschmolz mit den silbernen Blitzen der Atomexplosionen auf dem Mond. Es war das prachtvollste Schauspiel, das das Sonnensystem je erlebt hatte.

Die Distanz zwischen den Feinden war nach drei Stunden wechselseitiger Manöver auf fünfzigtausend Kilometer geschrumpft. Auf einmal zeigten die Computer auf dem Kommandoschiff eine Berechnung an, die die irdischen Truppen in sprachloses Entsetzen stürzte, denn der Weltenzerstörer wechselte seinen Kurs mit einer Beschleunigung, die um das Vierfache über dem Limit lag, das die Eridaner berechnet hatten!

Die Menschen hatten nie an diesem Limit gezweifelt. Auf dem Glauben daran hatte ihre Siegesgewissheit beruht. Nun aber reichten die restlichen Bomben auf dem Mond schon nicht mehr aus, um den Trabanten erfolgreich auf Kollisionskurs zu bringen. Die Berechnungen ergaben: Selbst wenn die Menschen alles, was sie an Sprengkraft hatten, in die Waagschale warfen, würde der Mond in einer halben Stunde in einer Entfernung von vierhundert Kilometern am Weltenzerstörer vorüberrauschen.

Eine gleißende Welle von Blitzen brandete über das Kommandoschiff hinweg. Die Menschheit hatte ihre letzten Bomben auf dem Mond gezündet. Fast im selben Moment erloschen die Motoren des Weltenzerstörers. In der Totenstille, die darauf folgte, schrieb das Trägheitsgesetz das letzte Kapitel dieses großen Epos. Der Mond glitt scharf am Zerstörer vorbei. Weil seine Geschwindigkeit so hoch war, reichte die Gravitationskraft des Feindes nicht aus, um ihn einzufangen. Seine Bahn krümmte sich nur ein wenig im Vorbeiflug, ehe er lautlos ins All davonrauschte, hinter sich die Sonne.

Auf dem Kommandoschiff verharrten die Mitglieder des Generalstabs mehrere Minuten lang in Grabesstille.

»Die Eridaner haben uns betrogen«, murmelte schließlich ein General.

»Vielleicht war der Kristall bloß eine Falle des Weltenzerstörers!«, rief ein Stabsoffizier.

Schlagartig versank der versammelte Führungsstab in Chaos, und alle brüllten durcheinander – sei es, um ihrer Verzweiflung Luft zu machen oder um sie zu verbergen. Mehrere Zivilbeamte waren am Rand eines Nervenzusammenbruchs, schluchzten oder rauften sich die Haare.

Nur der Marschall stand ruhig wie eh und je vor dem großen Monitor. Er drehte sich langsam um, und seine Frage brachte die Anwesenden schlagartig zur Ruhe: »Darf ich Ihre Aufmerksamkeit auf etwas anderes lenken: Warum sind die Triebwerke des Weltenzerstörers ausgeschaltet?«

Diese Worte stimmten alle nachdenklich. Tatsächlich hätte der Feind, als die Sprengladungen des Mondes aufgebraucht waren, keinen Grund gehabt, seine Triebwerke abzustellen. Denn er hatte unmöglich wissen können, ob nicht doch noch Bomben auf dem Mond auf ihre Zündung warteten, und auch angesichts der Gefahr, mit seiner Gravitationskraft den gegnerischen Himmelskörper einzufangen, hätte er sein Ausweichmanöver eigentlich weiter beschleunigen sollen, um etwas mehr als die lächerlich geringen vierhundert Kilometer zwischen sich und den Mond zu bringen.

»Ich will eine Nahaufnahme von der Oberfläche des Zerstörers«, befahl der Marschall.

Auf dem großen Monitor erschien eine 3-D-Aufnahme. Sie wurde von einer kleinen Hochgeschwindigkeits-Spähsonde übermittelt, die fünfhundert Kilometer über dem Weltenzerstörer flog. Klar und deutlich zeichnete sich vor aller Augen die hell erleuchtete Oberfläche der Weltraumarche ab. Ehrfürchtig betrachteten die Anwesenden das feindliche Schiff, das wie eine ungeheure Landschaft aus stählernen Gebirgszügen und Schluchten gemächlich an ihnen vorüberglitt. Da erregte ein langer schwarzer Spalt die Aufmerksamkeit des Marschalls. Nachdem er sich in den vergangenen hundert Jahren jedes Detail der Oberfläche des Zerstörers eingeprägt hatte, zweifelte er nicht eine Sekunde daran, dass er diesen Spalt noch nie gesehen hatte. Bald wurden auch andere auf ihn aufmerksam.

»Was ist denn das? Ist das … ein Riss?«, fragte jemand.

»Ja, das ist es. Ein fünftausend Kilometer langer Riss.« Der Marschall nickte. »Die Eridaner haben uns nicht betrogen. Die Daten, die uns ihr Kristall übermittelt hat, sind echt. Das Beschleunigungslimit gibt es wirklich, aber um der drohenden Kollision mit dem Mond zu entgehen, hat der Zerstörer in seiner Verzweiflung alles auf eine Karte gesetzt und das Limit um das Vierfache überschritten. Und das ist nun die Folge: Er hat einen Riss.«

Bald entdeckten sie noch weitere Risse.

»Sehen Sie nur! Was ist denn das?«, rief jemand, als die Rotation des Weltenzerstörers einen anderen Teil seiner Oberfläche ins Blickfeld rückte. Am Rand seiner Metallfläche tauchte ein greller Ball aus Licht auf, als würde die Sonne am weiten Horizont aufsteigen.

»Das ist der Rotationsmotor«, rief ein Offizier.

»Stimmt«, meldete sich ein anderer zu Wort. »Das ist der äquatoriale Rotationsmotor, den der Zerstörer kaum je anschaltet. Aber jetzt läuft er in voller Stärke, um die Rotation zu stoppen.«

»Herr Marschall, das bestätigt Ihre Ansicht!«

»Wir müssen unverzüglich alle Möglichkeiten, die wir haben, ausschöpfen, um detaillierte Daten zu gewinnen, damit wir eine Simulation durchführen können«, befahl der Marschall. Aber die Simulation war ohnehin schon in vollem Gange.

Im Laufe des vergangenen Jahrhunderts hatte man ein mathematisches Modell entwickelt, das die physikalische Struktur des Weltenzerstörers exakt beschrieb. Die nötigen Daten waren nun im Handumdrehen gesammelt und verarbeitet, sodass die Simulation ein schnelles Ergebnis lieferte: Der Rotationsmotor würde fast vierzig Stunden brauchen, um die Rotationsgeschwindigkeit so weit zu drosseln, dass das Schiff einer Zerstörung entgehen könnte – aber schon in achtzehn Stunden würden die Fliehkräfte das lädierte Schiff gänzlich auseinanderreißen.

Das Oberkommando brach in Jubel aus. Auf dem großen Monitor erschien eine dreidimensionale Simulation vom

Untergang des Weltenzerstörers. Der Prozess des Auseinanderbrechens vollzog sich mit träumerischer Langsamkeit. Vor dem pechschwarzen Weltall löste sich der Koloss so träge auf wie Milchschaum auf einem Kaffee. Nach und nach wurden die abbrechenden Ränder von der Dunkelheit geschluckt, als würden sie sich im All verflüchtigen. Nur im Blitz einer Explosion tauchten die Trümmer mitunter noch einmal auf.

Während sich alle anderen noch an diesem Schauspiel ergötzten, stand der Marschall abseits und beobachtete auf einem anderen Großbildschirm den realen Weltenzerstörer. Sein Gesicht verriet keine Spur von Triumph. Als sich die anderen wieder beruhigt hatten, bemerkten sie seine Zurückhaltung und gesellten sich zu ihm – und da entdeckten sie, dass der blaue Glanz am Heck des Zerstörers wieder aufgeflammt war.

Der Weltenzerstörer hatte seine Triebwerke wieder eingeschaltet.

Angesichts seines stark ramponierten Zustands schien das ein unverzeihlicher Fehler zu sein. Noch die kleinste Beschleunigung konnte unter diesen Umständen ein fatales Auseinanderbrechen heraufbeschwören. Aber der Kurs, den der Zerstörer einschlug, befremdete die Beobachter noch mehr: Er steuerte langsam wieder die Position an, die er vor seiner Flucht vor dem Mond innegehabt hatte. Behutsam begann er wieder in einen Orbit einzutreten, der synchron zur Erde um die Sonne verlief, und seine Rotationsachse exakt auf die irdische abzustimmen.

»Was soll das denn? Will er etwa immer noch die Erde verschlingen?«, rief jemand irritiert. Seine Worte lösten vereinzeltes Gelächter aus, aber die Lacher verstummten abrupt, als sie die Miene des Marschalls sahen. Er blickte nicht mehr auf den Bildschirm. Bleich stand er da, mit geschlossenen Augen und versteinertem Gesicht. Seit einem Jahrhundert war er eine geistige Säule des Widerstands gegen den Weltenzerstörer, und seine Truppen kannten ihn gut – aber so wie jetzt hatten sie ihn noch nie gesehen. In neuerlichem Schweigen drehten sich alle zum großen Monitor, und da erkannten sie endlich den Ernst der Lage.

Dem Weltenzerstörer blieb noch ein Ausweg.

Er hatte seinen Anflug auf die Erde begonnen und sich der Umlaufbahn und Rotation des fremden Planeten angepasst, während er sich seinem Südpol näherte.

Wenn er zu langsam war, würde er unter seinen eigenen Fliehkräften auseinanderbrechen. War er zu schnell, drohte ihn seine Antriebsbeschleunigung vorzeitig zu zerreißen. Er balancierte auf einem schmalen Grat: Er musste ein perfektes Gleichgewicht wahren zwischen Zeit und Geschwindigkeit.

Bevor der gewaltige Ring des Weltenzerstörers den irdischen Südpol umschloss, konnte das Oberkommando aus dem Weltraum mitansehen, wie sich die Konturen des antarktischen Kontinents rapide verformten: Er schrumpfte wie ein Stück Butter in einer heißen Pfanne. Unter der Gravitationskraft des Zerstörers wogten die Ozeane zum Südpol, und der weiße Kontinent an der Spitze der Erde wurde von den gewaltigen Fluten verschluckt.

Unterdessen sprangen auf dem Zerstörer immer neue Risse auf, die zusehends in die Länge und Breite wuchsen. Die Risse, die sich als erste aufgetan hatten, waren schon keine schmalen schwarzen Spalten mehr, sondern Tausende Kilometer lange Abgründe aus tiefrotem Feuer. Wie die Tore zur Hölle klafften sie in der Außenwand.

Dann stiegen einige fadendünne weiße Streifen von der Oberfläche des Zerstörers auf. Die Fäden wurden immer mehr, kein Teil des Raumschiffs blieb davon ausgenommen. Wie schütteres weißes Haar wuchsen sie aus dem Zerstörer. In Wahrheit waren es die Kondensstreifen von lauter kleinen Raumschiffen, die vom ungeheuren Ring des Mutterschiffs gestartet waren. Die Bewohner des Weltenzerstörers traten die Flucht aus ihrer untergehenden Welt an.

Die Erde war bereits zur Hälfte vom Zerstörer umschlossen, als die Lage eine neue Wendung nahm: Die Gravitationskraft des Planeten hielt den zerfallenden Ring des Raumschiffs wie mit einer Unzahl unsichtbarer Speichen zusammen. Auf der Oberfläche des Zerstörers taten sich keine neuen Risse mehr auf, und die schon bestehenden Spalten vergrößerten sich nicht mehr. Vierzehn Stunden später, als die Erde völlig vom Feind umschlossen war, entfaltete ihre Gravitationskraft eine noch stärkere Wirkung, und die Risse auf dem Zerstörer begannen zu schrumpfen. Weitere fünf Stunden später hatten sie sich gänzlich geschlossen.

Auf dem Kommandoschiff waren die großen Monitore schwarz. Selbst die Lampen waren erloschen. Nur das fahle Licht der Sonne sickerte durch die Bordfenster. Um eine künstliche Gravitationskraft zu erzeugen, rotierte der Mittelteil des Schiffes noch immer langsam vor sich hin. Mal im Steigen, mal im Fallen wanderte die Sonne von Fenster zu Fenster, als könnte das Wechselspiel von Licht und Schatten die von nun an auf ewig versunkenen Tage und Nächte der Menschheit wieder heraufbeschwören.

»Ich danke allen für ein Jahrhundert der Pflichterfüllung«, sagte der Marschall. »Danke!«

Er salutierte vor dem versammelten Oberkommando, ehe er unter den Blicken seiner Soldaten in aller Ruhe seine Uniform glättete. Alle anderen folgten seinem Beispiel.

Die Menschheit war besiegt, aber die Verteidiger der Erde hatten ihre Pflicht getan, und deshalb empfanden sie in diesem Moment keine Schande, sondern Stolz. In Gedanken nahmen sie reinen Gewissens ihre unsichtbaren Orden entgegen. Diesen Augenblick hatten sie sich verdient.

Epilog

Die Heimkehr

»Hier gibt es tatsächlich Wasser!«, rief ein junger Hauptmann freudig überrascht aus. Vor ihnen erstreckte sich eine weite Wasserfläche. Die Wellen glitzerten unter dem trüben Himmel.

Der Marschall zog die Handschuhe seines Raumanzugs aus und schöpfte mit den Händen ein wenig Wasser. Er öffnete sein Visier und probierte einen Schluck. Nachdem er das Visier rasch wieder geschlossen hatte, erklärte er: »Ah, es ist nicht zu salzig.« Als er sah, dass auch der Hauptmann sein Visier öffnen wollte, hielt er ihn davon ab. »Sie werden sich nur die Dekompressionskrankheit zuziehen. Die Zusammensetzung der Atmosphäre ist zwar unproblematisch, und giftige Schwefelbestandteile sind nur noch in geringer Konzentration vorhanden, aber der Luftdruck ist zu niedrig. Das ist so, als hätte man sich vor dem Krieg auf einer Höhe von zehntausend Metern befunden.«

Unterdessen scharrte ein General im Sand zu seinen Füßen. »Vielleicht gibt es hier ein paar Grassamen.« Er blickte lächelnd zum Marschall auf.

Der schüttelte den Kopf. »Vor dem Krieg war das alles hier Meeresgrund.«

»Wir könnten mal einen Blick auf Neuland Nummer elf

werfen, das ist hier ganz in der Nähe«, schlug der Hauptmann vor. »Vielleicht gibt es ja dort Grassamen.«

»Die wären längst verbrannt«, seufzte ein anderer.

Alle ließen den Blick ringsum wandern. Den Horizont säumte eine endlose Kette von Bergen – ein Ergebnis der jüngsten Gebirgsbildung. Das dunkle Massiv war aus nacktem Fels. Von seinen Gipfeln rannen tiefrot leuchtende Magmaströme wie Blut über den Leib eines Riesen. In der Ebene dagegen war das Magma schon versiegt.

Dies war die Erde, zweihundertdreißig Jahre nach dem Krieg.

Nach dem Ende des Krieges hatten sich die gut hundert Überlebenden an Bord des Kommandoschiffs in ihre Tiefschlafkammern begeben. Dort warteten sie darauf, dass der Weltenzerstörer die Erde wieder ausspeien würde, sodass sie in ihre Heimat zurückkehren könnten. Ihr Schiff hatte sich in einen Satelliten verwandelt, der in einem weiten Orbit den neuen Doppelplaneten aus Erde und Weltenzerstörer umkreiste. In all dieser Zeit behelligte der Zerstörer die Schläfer nicht.

Hundertfünfundzwanzig Jahre nach dem Krieg registrierten die Sensoren des Schiffs, dass der Weltenzerstörer die Erde wieder ausspuckte. Also weckte das Schiff einen Teil seiner Besatzung. Als die Schläfer erwacht waren, hatte der Zerstörer sein Opfer schon wieder freigegeben und einen Kurs Richtung Venus eingeschlagen. Aber die Erde war den Menschen fremd geworden: Sie sah aus wie ein glühender Kohleklumpen aus einem Ofen. Die Meere waren verschwunden, und ein

Netz von Magmaströmen überzog den Planeten. Den Menschen blieb nichts anderes übrig, als in ihren Tiefschlaf zurückzukehren. Sie stellten ihre Sensoren neu ein und warteten darauf, dass sich die Erde abkühlen würde. Diesmal warteten sie hundert Jahre.

Als die Schläfer von Neuem erwachten, fanden sie eine Erde vor, die zu einem öden, gelben Planeten erkaltet war. Die heftigen tektonischen Bewegungen hatten sich gelegt. Alles Leben war von der Oberfläche verschwunden, aber dafür gab es wieder eine dünne Atmosphäre. Sie entdeckten sogar Überreste der Ozeane, und so landeten sie an der Küste eines dieser Restmeere, das nicht größer als ein See vor dem Krieg war.

Mit einem Dröhnen, das in der dünnen Atmosphäre ohrenbetäubend anschwoll, landete eines der plumpen, ihnen so vertrauten Raumschiffe des Weltenzerstörerimperiums unweit von ihrem eigenen Schiff. Die riesige Luke öffnete sich, und Beißer kam auf wackeligen Beinen heraus, gestützt auf einen Stock, so groß wie ein Strommast.

»Oh, Sie leben noch?«, begrüßte ihn der Marschall. »Sie müssen doch jetzt schon an die fünfhundert Jahre alt sein.«

»Wie sollte ich so lange leben können!«, erwiderte Beißer. »Dreißig Jahre nach dem Krieg habe auch ich mich in den Tiefschlaf versetzen lassen, damit ich euch noch einmal sehen kann.«

»Wo ist der Weltenzerstörer jetzt?«

Beißer zeigte gen Himmel. »Man kann ihn nur abends sehen. Er ist bloß noch ein fahler kleiner Stern. Er hat schon den Orbit des Jupiters passiert.«

»Er verlässt das Sonnensystem?«

Beißer nickte. »Ich mache mich heute auf den Weg, um ihn noch einzuholen.«

»Wir sind alt geworden.«

»Ja, alt …« Beißer nickte. Zitternd nahm er den Stock in die andere Klaue. »Diese Welt ist jetzt …« Er zeigte auf Himmel und Erde.

»Ein bisschen Wasser und Atmosphäre gibt es hier noch. Ist das ein Akt der Milde von Ihrem Imperium?«

Beißer schüttelte den Kopf. »Mit Milde hat das nichts zu tun. Das ist euer Verdienst.«

Die irdischen Soldaten starrten ihn verständnislos an.

»Nun ja, das Weltenzerstörerimperium wurde in diesem Krieg so schwer wie nie zuvor getroffen. Als die Risse in unserem Schiff aufklafften, fanden mehrere hundert Millionen von uns den Tod, und auch unser bordeigenes Ökosystem wurde schwer beschädigt. Nach dem Krieg brauchten wir erst einmal fünfzig Erdenjahre, nur um das Gröbste zu reparieren. Erst danach waren wir in der Lage, mit der Plünderung der Erde anzufangen. Aber wir hatten nur begrenzt Zeit für euer Sonnensystem. Wenn wir es nicht rechtzeitig wieder verlassen würden, würde eine interstellare Staubwolke mitten in unseren Weg treiben, und wenn wir diese Wolke umfliegen müssten, bräuchten wir siebzehntausend Jahre länger zum nächsten Stern. In dieser Zeit würde sich der Stern so sehr verändern, dass er die Planeten verbrennen würde, die wir plündern wollen. Deshalb haben wir uns mit den Planeten hier sehr beeilt und nur ein paar Happen von ihnen heruntergeschlungen.«

»Das bedeutet für uns einen großen Trost und eine große Ehre«, sagte der Marschall und ließ seinen Blick in der Runde schweifen.

»Das habt ihr euch mehr als verdient«, lobte Beißer. »Wir haben wirklich einen großartigen Sternenkrieg ausgefochten! In der langen und kriegerischen Geschichte des Weltenzerstörerimperiums gehört ihr zu den herausragendsten Kämpfern! Bis heute besingen unsere Dichter im ganzen Imperium die epischen Glanztaten von euch irdischen Kriegern.«

»Wir hoffen vor allem, dass die Menschheit diesen Krieg im Gedächtnis bewahren wird. Übrigens: Wie geht es der Menschheit jetzt?«

»Nach dem Krieg haben wir etwa zwei Milliarden Menschen in unser Imperium umgesiedelt, das war die Hälfte der Menschheit.« Beißer klappte den großen Monitor seines Computers auf, und eine Szene vom Leben der Menschen auf dem Weltenzerstörer erschien: ein schönes Grasland unter einem blauen Himmel und darauf eine Schar Menschen, die fröhlich sangen und tanzten. Im ersten Moment konnte man kaum ihre Geschlechter unterscheiden, denn sie alle hatten eine zarte, weiße Haut, trugen lange Gewänder aus feinem Gewebe und auf den Köpfen hübsche Blumenkränze. In der Ferne erhob sich ein prächtiges Schloss, das offensichtlich von einem irdischen Märchen inspiriert war. Mit seinen kräftigen Farben wirkte es, als wäre es aus Schlagsahne und Schokolade erbaut.

Als die Kamera näher heranzoomte, konnte der Marschall die hübschen Gesichter genauer betrachten. Nun hatte er keine Zweifel mehr: Diese Menschen waren wirklich glücklich. Sie lebten in einem Zustand völliger Sorglosigkeit, rein wie Kristall, einem Zustand, wie er den Menschen vor dem Krieg vielleicht nur in den flüchtigen Jahren ihrer Kindheit möglich gewesen war.

»Wir müssen gewährleisten, dass sie absolut glücklich sind«, erklärte Beißer. »Das ist die Grundvoraussetzung für ihre Zucht. Andernfalls könnten wir ihre Fleischqualität nicht mehr garantieren. Ihr Erdbewohner seid eine echte Delikatesse. Nur die Oberschicht unseres Imperiums kann sich euer Fleisch leisten, für Leute wie mich seid ihr unerschwinglich. Ach ja, Marschall, wir haben Ihren Urenkel gefunden. Wir haben eine Botschaft von ihm für Sie aufgezeichnet – wollen Sie sie sehen?«

Der Marschall blickte ihn überrascht an und nickte. Auf dem Bildschirm erschien ein hübscher Junge mit einer zarten Haut. Dem Gesicht nach zu urteilen, war er vielleicht nur zehn Jahre alt, aber er war großgewachsen wie ein Mann. In seinen Händen, die feingliedrig wie die einer Frau waren, hielt er einen Blumenkranz. Offensichtlich war er gerade mitten aus einem Tanz herausgerufen worden.

Er blinzelte mit seinen großen leuchtenden Augen und sagte: »Sie sind also mein Urgroßvater und sollen noch am Leben sein? Ich bitte Sie nur um eins: Kommen Sie mich bloß nie besuchen! Schon beim Gedanken daran wird mir schlecht. Uns allen hier wird übel, wenn wir daran denken, wie die Menschheit vor dem Krieg gelebt hat. Wie wilde Bestien! Wie Ungeziefer! Und Sie und Ihre irdischen Soldaten wollten dieses Leben auch noch fortführen … Um ein Haar hätten Sie die Menschheit daran gehindert, in dieses herrliche Paradies einzuziehen – das ist doch pervers! Wissen Sie, wie sehr ich mich wegen Ihnen schäme? Sie machen mich krank. Pah! Kommen Sie mich bloß nicht besuchen. Pah! Verrecken sollen Sie!« Mit federnden Schritten lief er davon, um sich wieder dem Tanz auf dem Grasland anzuschließen.

Beißer brach als Erster das verlegene Schweigen. »Wir werden ihn nicht schlachten, wenn er sechzig ist. Er soll eines natürlichen Todes sterben.«

»Falls das mit Rücksicht auf mich geschieht, bin ich Ihnen dafür sehr dankbar«, erwiderte der Marschall mit einem trüben Lächeln.

»Nein, das ist nicht der Grund. Nachdem er von seiner Abstammung erfahren hatte, war er sehr deprimiert und voller Hass auf Sie. Eine solche Gemütslage führt dazu, dass die Fleischqualität nicht mehr unseren Standards entspricht.«

Bewegt betrachtete Beißer die letzten wahren Menschen, die da vor ihm standen. Ihre Raumanzüge waren alt und schäbig, ihre Gesichter von den Wechselfällen eines langen Lebens gezeichnet. Im fahlen Sonnenschein wirkten sie wie ein Häuflein rostiger Statuen. Beißer klappte seinen Computer zu und sagte voller Bedauern: »Eigentlich wollte ich euch das gar nicht zeigen, aber ihr seid echte Krieger und mutig genug, der Wahrheit ins Gesicht zu sehen.« Er zögerte einen Moment, ehe er fortfuhr: »Die menschliche Zivilisation ist erloschen.«

»Ihr habt die menschliche Zivilisation ausgelöscht«, sagte der Marschall. Sein Blick verlor sich in der Ferne. »Ihr habt ein himmelschreiendes Verbrechen begangen.«

»Nun sind wir doch wieder bei der Moral gelandet.« Beißer grinste.

»Nachdem ihr unsere Heimat überfallen und auf zutiefst barbarische Weise zerstört habt, habt ihr in meinen Augen jedes Recht verwirkt, noch über Moral zu sprechen«, sagte der Marschall grimmig.

Die anderen schenkten dem Gespräch schon kein Gehör mehr. Das Maß an unbarmherziger Grausamkeit, zu dem das Weltenzerstörerimperium imstande war, überstieg das menschliche Verstehen, und niemand hatte mehr Lust, sich mit der fremden Spezies noch auf eine Moraldebatte einzulassen.

»Oh doch, wir haben dieses Recht. Ich möchte jetzt wirklich gern mit euch Menschen über die Moral sprechen.« Beißer machte eine Pause, ehe er fortfuhr: »›Wie konnten Sie ihn einfach so essen?‹«

Bei den letzten Worten zuckten alle zusammen – sie waren nicht aus dem Übersetzungsgerät gekommen, sondern direkt aus Beißers Maul. So markerschütternd seine Stimme auch war, im Ton hatte er den Marschall, der diese Frage vor drei Jahrhunderten gestellt hatte, verblüffend echt nachgeahmt.

Mithilfe seines Übersetzungsgeräts fuhr Beißer nun wieder fort: »Marschall, damals vor dreihundert Jahren lagen Sie mit Ihrer Intuition goldrichtig: Wenn zwei Zivilisationen von unterschiedlichen Planeten einander begegnen, sind die Ähnlichkeiten befremdlicher als die Unterschiede. Unsere beiden Spezies sollten einander nicht so ähnlich sein.«

Alle Blicke hefteten sich nun auf Beißer. Jeder spürte, dass ihnen gleich ein großes, erschütterndes Geheimnis offenbart würde.

Beißer richtete sich an seinem Stock auf und blickte in die

Ferne. »Freunde, wir sind alle Kinder dieser Sonne, und die Erde ist unsere gemeinsame Heimat – aber meine Spezies besitzt die älteren Rechte auf sie als ihr! Denn schon hundertvierzig Millionen Jahre vor euch haben unsere Vorfahren auf diesem schönen Planeten gelebt, und im Lauf der Jahrmillionen haben wir unsere ruhmreiche Zivilisation errichtet.«

Fassungslos starrten die irdischen Soldaten ihn an, während sich neben ihnen die Überreste eines Meeres im fahlen Sonnenschein kräuselten und in der Ferne die blutroten Magmaströme über die jungen Berghänge flossen. Nach einem wechselvollen Schicksal von sechzig Millionen Jahren traf die eine Spezies, die einst die Welt beherrscht hatte, nun, in der Trostlosigkeit ihres geplünderten Heimatplaneten, auf die andere Spezies.

»Dino…saurier!«, stammelte jemand leise.

Beißer nickte. »Die Dinosaurierzivilisation hat sich vor hundert Millionen Erdenjahren entwickelt, also in dem Erdzeitalter, das ihr die mittlere Kreidezeit nennt. Gegen Ende der Kreidezeit erreichte unsere Zivilisation ihre Blüte. Aber als eine Spezies von riesenhafter Statur haben wir entsprechend große biologische Bedürfnisse, und im Zuge unseres rapiden Bevölkerungswachstums konnte das irdische Ökosystem unsere Gesellschaft kaum noch ernähren. Also hielten wir uns am Mars schadlos, dessen Ökosystem sich damals gerade im Anfangsstadium befand. Die Herrschaft unserer Zivilisation auf der Erde währte zwanzig Millionen Jahre, doch unsere Bevölkerungsexplosion dauerte bloß ein paar tausend Jahre. Gemessen an der Länge eines Erdzeitalters, nehmen sich die Auswirkungen auf das Ökosystem deshalb wie eine plötzlich hereinbrechende Katastrophe aus – ihr sprecht in diesem Zusammenhang vom Massenaussterben am Ende der Kreidezeit. Eines Tages schließlich bestiegen alle Angehörigen unserer Spezies zehn riesige Weltraumarchen und glitten auf ihnen ins grenzenlose Sternenmeer davon. Die zehn Schiffe verschmolzen später zu einem einzigen, das immer größer wurde, wann immer wir ein neues Planetensystem ausbeuteten. So sind wir im Lauf von sechzig Millionen Jahren zum heutigen Weltenzerstörerimperium geworden.«

»Und warum habt Ihr eure eigene Welt zerstört? Kennt Ihr denn gar keine Heimatgefühle?«, fragte jemand.

Tief in Erinnerungen versunken, erwiderte Beißer: »Das ist eine lange Geschichte. Der interstellare Raum ist zwar tatsächlich unermesslich, aber für kohlenstoffbasierte Lebensformen wie unsere gibt es nicht so viele Lebensräume, wie ihr euch das vorstellt. Wenn man sich von unserer jetzigen Position aus auf das Zentrum der Milchstraße zubewegt, stößt man schon nach zweitausend Lichtjahren auf eine große Wolke von interstellarem Staub. In dieser Wolke gibt es kein Fortkommen und kein Leben. Und hinter ihr beginnt eine Region mit starker Strahlung und einer großen Schar wandernder schwarzer Löcher … Wenn man sich in die Gegenrichtung bewegt, kommt man bald ans Ende des Spiralarms unserer Galaxie, und dort beginnt eine ungeheure Leere. In dem Raum dazwischen hat unser Imperium überall da, wo Leben möglich ist, schon alle Planeten ausgeplündert. Jetzt bleibt uns nur noch ein Ausweg: Wir müssen zu einem anderen Spiralarm der Milchstraße fliegen. Was uns dort erwartet, wissen wir nicht, aber wenn wir hierbleiben, bedeutet das unseren sicheren Tod. Wir werden fünfzehn Millionen Jahre lang in einem öden, leeren Raum unterwegs sein, deshalb mussten wir uns vor dem Aufbruch mit allen notwendigen Gütern eindecken. Unser Imperium gleicht einem Fisch in einer kleinen Pfütze, die austrocknet: Bevor die Pfütze völlig verschwunden ist, muss er einen verzweifelten Sprung wagen. Womöglich wird er auf trockenem Boden landen und in der sengenden Sonne verenden, aber mit ein bisschen Glück fällt er in eine benachbarte Pfütze und lebt weiter … Was die nostalgischen Gefühle angeht: Jahrmillionen einer beschwerlichen Weltraumodyssee und unzählige interstellare Kriege haben unsere Spezies hartherzig gemacht. Um die Jahrmillionen dauernde Reise, die vor uns liegt, zu überstehen, musste unser Imperium so gefräßig wie möglich sein. Was ist das Wesen einer Zivilisation? Zivilisation bedeutet Verschlingen, ein unaufhörliches Fressen und Expandieren. Alles andere ist nebensächlich.«

In Gedanken versunken, erwiderte der Marschall: »Ist der Kampf ums Überleben wirklich das einzige Prinzip der biologischen und zivilisatorischen Evolution im Universum? Kann man nicht auch eine Zivilisation errichten, die selbstgenügsam und nach innen gekehrt ist und in der unterschiedliche Lebensformen symbiotisch koexistieren? Also eine Zivilisation wie die der Eridaner?«

Beißer atmete geräuschvoll aus. »Ich bin kein Philosoph. Vielleicht ist das möglich. Die Frage ist nur: Wer macht den ersten Schritt? Wenn das eigene Überleben darauf gründet, andere zu unterwerfen und zu vernichten, und wenn dies das eherne Prinzip allen Lebens und aller Zivilisationen im Universum ist, dann ist, wer immer diesem Prinzip zuerst untreu wird, zum Tod verurteilt.«

Mit diesen Worten stampfte Beißer zurück in sein Raumschiff. Kurz darauf kam er wieder heraus, und nun trug er einen flachen, viereckigen Kasten in seinen Klauen. Der Kasten maß an die vier Meter im Durchmesser. Es hätte mindestens vier Männer gebraucht, um ihn anzuheben. Beißer stellte ihn auf den Boden und nahm den Deckel ab. Das Innere war gefüllt mit Erde, die von grünem Gras bedeckt war. In einer Welt ohne Leben genügte dieses Grün, um die Menschen zu rühren.

»Das ist ein Stück irdisches Erdreich aus der Zeit vor dem Krieg. Nach dem Krieg habe ich alle Pflanzen und Insekten darin in einen Winterschlaf versetzt. Über zwei Jahrhunderte später sind sie gemeinsam mit mir wieder erwacht. Eigentlich wollte ich dieses Stückchen Erde als Andenken mit mir nehmen, aber jetzt habe ich es mir anders überlegt: Ich lasse es besser hier, wo es hingehört. Wir haben schon genug von unserem Mutterplaneten genommen.«

Beim Anblick dieses Stückchens Erde, das so voller Leben war, traten den Menschen die Tränen in die Augen. Jetzt wussten sie, dass dieser Dinosaurier nicht so gefühllos war, wie es den Anschein hatte. Unter seinem Schuppenpanzer, der kälter als Stein war, schlug ein Herz, das sich nach seinem Zuhause sehnte.

Beißer schwenkte seine Klauen, als wollte er die Stimmung verscheuchen, die ihn befallen hatte. »Also dann, Freunde, machen wir uns auf den Weg zum Weltenzerstörer.« Als er den Ausdruck auf den Gesichtern der Menschen sah, hob er beschwichtigend eine Klaue. »Natürlich werdet ihr dort nicht als Kleinvieh gehalten! Ihr seid große Krieger und sollt zu vollwertigen Bürgern unseres Imperiums werden. Obendrein erwartet euch dort noch eine Aufgabe: nämlich ein Museum der menschlichen Zivilisation zu erbauen.«

Alle Blicke richteten sich auf den Marschall. Er überlegte einen Moment, dann nickte er langsam.

Einer nach dem anderen bestiegen die Soldaten Beißers Raumschiff. Da die Gangway für Dinosaurier konstruiert war, mussten sie jede Stufe einzeln mit Klimmzügen erklettern. Als Letzter kam der Marschall. Er hatte schon die unterste Leiterstufe ergriffen und begonnen, sich hinaufzuziehen, da warf er noch einen letzten Blick auf den Boden zu seinen Füßen, und seine Augen weiteten sich. Reglos verharrte er mitten in der Luft.

Er hatte eine Ameise entdeckt.

Das Tier war aus dem Kasten mit der Erde herausgeklettert. Der Marschall ließ die Stufe los und ging in die Hocke. Er ließ die Ameise auf seinen Handschuh krabbeln, dann hob er die Hand und betrachtete das Insekt eingehend. Sein kleiner Körper glitzerte im Sonnenschein wie ein schwarzer Edelstein. Er ging mit der Ameise zum Kasten und setzte sie zurück in ihr kleines Stückchen Wiese, und dabei entdeckte er zwischen den Grasbüscheln noch ein paar ihrer Artgenossen.

Er richtete sich wieder auf und sagte zu Beißer, der neben ihn getreten war: »Wenn wir fort sind, werden diese Gräser und Ameisen das einzig Lebendige auf der Erde sein.«

Beißer schwieg.

»Das zivilisierte Leben auf der Erde tendiert dazu, immer

kleiner zu werden: erst die Dinosaurier, dann die Menschen und als Nächstes vielleicht die Ameisen«, fuhr der Marschall nachdenklich fort. Er hockte sich wieder hin und betrachtete ausgiebig die kleinen Lebewesen, die zwischen den Gräsern umherhuschten. »Jetzt sind sie an der Reihe.«

Unterdessen kamen die irdischen Soldaten wieder aus dem Raumschiff hervor und kehrten zurück zu dem Stückchen belebter Erde auf ihrem Planeten. Im Kreis stellten sie sich ringsum auf, und auch aus ihren Blicken sprach eine tiefe Liebe.

Beißer aber schüttelte nur den Kopf. »Das Gras könnte überleben, denn wahrscheinlich wird es hier am Meer regnen. Die Ameisen jedoch werden sterben.«

»Weil die Luft zu dünn ist? Das scheint ihnen nicht viel auszumachen.«

»Nein, die Luft ist nicht das Problem. Anders als ihr Menschen können die Ameisen in so einer Atmosphäre überleben. Der entscheidende Punkt ist, dass sie hier keine Nahrung finden.«

»Aber sie können doch das Gras fressen!«

»Und wie lange wird das reichen? In der dünnen Luft wird das Gras nur sehr langsam wachsen. Wenn die Ameisen es aufgefressen haben, werden sie verhungern. Auf sie wartet ein ähnliches Ende wie jenes, das auch unserer Zivilisation droht.«

»Können Sie nicht ein wenig Nahrung aus Ihrem Schiff für die Ameisen hierlassen?«

Wieder schüttelte Beißer den Kopf. »Auf meinem Schiff gibt es nichts außer Trinkwasser und dem Tiefschlafsystem.

Bevor wir uns auf den Weg zum Weltenzerstörer machen, müssen wir uns in den Tiefschlaf versetzen lassen. Gibt es auf eurem Schiff noch Nahrung?«

Nun schüttelte auch der Marschall den Kopf. »Nur ein paar Injektionen mit Nährlösung zur Aufrechterhaltung der Vitalfunktionen. Damit könnten die Ameisen nichts anfangen.«

Beißer deutete auf sein Raumschiff. »Wir müssen uns beeilen. Der Weltenzerstörer beschleunigt schnell. Wenn wir trödeln, werden wir ihn nicht mehr einholen.«

Schweigen.

»Marschall, wir bleiben«, sagte ein junger Oberleutnant entschlossen.

Der Marschall nickte.

»Ihr bleibt?! Und dann?« Entgeistert starrte Beißer die Soldaten der Reihe nach an. »Das Tiefschlafsystem bei euch an Bord ist schon bald nicht mehr funktionstüchtig! Und Nahrung habt ihr auch keine. Wollt ihr hierbleiben, um zu sterben?«

»Hierbleiben ist der erste Schritt«, erwiderte der Marschall ruhig.

Sprachlos blickte Beißer ihn an.

»Der erste Schritt zu der neuen Zivilisation, von der ich vorhin gesprochen habe«, erklärte der Marschall.

»Ihr … wollt den Ameisen als Nahrung dienen?!«

Die irdischen Soldaten nickten einmütig.

Lange starrte Beißer sie an, ehe er sich endlich umdrehte und, auf seinen Stock gestützt, schwerfällig auf sein Raumschiff zuging.

»Leben Sie wohl, mein Freund«, rief der Marschall ihm nach.

Beißer stieß einen tiefen Seufzer aus. »Vor mir und meinen Nachkommen liegt nur das unendliche Universum mit seiner ewigen Nacht und seinen unaufhörlichen Kriegen. Wie könnten wir darin je ein Zuhause finden?«

Bei seinen Worten wurde der Boden zu seinen Füßen nass. Ob von seinen Tränen, wusste niemand zu sagen.

Donnernd stieg sein Raumschiff empor und der untergehenden Sonne entgegen. Bald war es am westlichen Himmel verschwunden.

Die letzten irdischen Krieger setzten sich schweigend rings um das belebte Stückchen Erdreich. Dann folgten sie alle dem Beispiel des Marschalls, nahmen ihre Helme ab und legten sich auf den sandigen Boden.

Die Zeit verstrich, und die Sonne ging unter. Im Abendrot erstrahlte die verödete Erde in einem prächtigen Glanz. Dann funkelten die ersten Sterne am Himmel, und der Marschall entdeckte zu seiner Überraschung, dass der trübe Himmel ein tiefes Blau annahm. Bevor ihm die dünne Luft das Bewusstsein raubte, fühlte er beglückt ein leises Kribbeln an seiner Schläfe – eine Ameise krabbelte auf seine Stirn. Ferne Kindheitserinnerungen kamen ihm in den Sinn: Er lag am Meer in einer kleinen Hängematte, die zwischen zwei Palmen gespannt war, und blickte hinauf in den strahlenden Sternenhimmel, während seine Mutter ihm die Stirn streichelte …

Die Nacht senkte sich herab. Der geschrumpfte Ozean war

glatt wie ein Spiegel. Makellos reflektierte er die Milchstraße. Es war die stillste Nacht in der Geschichte des Planeten.

In dieser Stille wurde die Erde wiedergeboren.

Geschrieben in Niangziguan,
1. September 2002

ANHANG

Anmerkungen

Seite 10 **Astronomische Einheiten**

Eine Astronomische Einheit (AE) entspricht knapp 149,6 Millionen Kilometern, das ist in etwa der mittlere Abstand zwischen Erde und Sonne.

Seite 16 **»Weiser«**

Der eigentliche Name des Botschafters ist im chinesischen Original ein Wortspiel mit dem Begriff für »kultiviert, vornehm«, für das es keine genaue deutsche Entsprechung gibt.

Seite 23 **Ende der Kreidezeit**

Die Keide (lat. Cretaceum) ist im geologischen Erdmittelalter das jüngste Zeitalter. Sie begann mit dem Ende der Jura vor etwa 140 Millionen Jahren und dauerte knapp 80 Millionen Jahre. In dieser Zeit ging die Anzahl der großen Dinosaurier stark zurück, und das Klima kühlte sich ab.

Seite 24 **Ausgehendes quartäres Eiszeitalter im Pleistozän**

Die Bezeichnung »Quartär« ist unter Geologen ein veralteter Begriff. Gebräuchlicher ist es, dieses Erdzeitalter, das vor circa 2,58 Millionen Jahren begann und vor über 11.000 Jahren in die Jetztzeit mündete, als Pleistozän oder umgangssprachlich als Eiszeit zu bezeichnen.

Seite 29 **Neutronenstern**

Wenn ein Stern der Hauptreihe am Ende seiner Entwicklung kollabiert, bleibt ein sehr massereicher, nur aus Neutronen bestehender Stern übrig, der zumeist pulsierende Strahlung aussendet. Neutronensterne sind nach schwarzen Löchern die massereichsten Objekte im Universum: Ein Teelöffel voll Neutronenstern-Materie brächte mehrere Hundert Millionen Tonnen auf die Waage.

Seite 30 **Rückstoßprinzip gemäß dem Impulserhaltungssatz**

Rückstoßprinzip und Impulserhaltungssatz werden aus dem dritten Newton'schen Gesetz hergeleitet: Kraft gleich Gegenkraft (»Actio est reactio«) und besagen, dass zwei Körper, die eine Kraft aufeinander ausüben, beide beschleunigt werden. Wenn also in der Brennkammer einer Raketendüse der Treibstoff mithilfe der Verbrennung beschleunigt wird, aber nur in eine Richtung entweichen kann, wird die Rakete dementsprechend in die entgegengesetzte Richtung beschleunigt.

Seite 36 **Anthropozentrismus**

Schon Pythagoras soll gesagt haben: »Der Mensch ist das Maß aller Dinge.« Diese Auffassung steht im Mittelpunkt der anthropozentrischen, also auf den Menschen (griechisch: *anthropos*) bezogenen Weltsicht. Darüber hinaus wird der Anthropozentrismus auch als epistemische Tatsache verstanden, denn jedes Nachdenken des Menschen über sich selbst und die Welt bleibt immer ein menschliches Denken.

Seite 38 **Fluchtgeschwindigkeit**

Unter Fluchtgeschwindigkeit wird Giovanni Schiaparellis sogenannte zweite kosmische Geschwindigkeit verstanden, mit der ein Körper beschleunigt werden muss, um nicht nur eine stabile Umlaufbahn um den Planeten zu erreichen (die erste kosmische Geschwindigkeit), sondern um diese Umlaufbahn und damit die Gravitation des Planeten verlassen zu können. Mit der dritten kosmischen Geschwindigkeit ist es möglich, das Sonnensystem zu verlassen.

Seite 55 **Dekompressionskrankheit**

Sie wird auch Taucherkrankheit genannt: Wenn beim Tauchen mit Atemluft durch den erhöhten Druck auf den Körper in der Luft enthaltene Gase wie Stickstoff in den Körper eingelagert werden, können diese beim Auftauchen, also der Verringerung des Drucks, nur langsam wieder über den Blutkreislauf und die Lunge abtransportiert werden. Lässt der Druck zu schnell nach, kann es daher zu plötzlichen Gasblasen im Blut und im Körpergewebe kommen, die zu Verletzungen führen.

Seite 58 **Interstellare Staubwolke**

Innerhalb der Milchstraße befindet sich die Sonne zusammen mit einigen anderen Sternen in einer Lokale Blase genannten, nahezu staubfreien Region. Um diese Blase herum befinden sich deutlich dichtere interstellare Staubwolken, zum Beispiel die etwa 2000 Lichtjahre entfernte Dunkelwolke Aquila Rift, auf die sich die Sonne zubewegt.

Seite 64 **Massenaussterben am Ende der Kreidezeit**

Mithilfe von Fossilienfunden wurden mindestens fünf große Massenaussterben im Laufe der Jahrmillionen nachgewiesen, die vor allem auf klimatische Veränderungen und die Entstehung der Kontinente zurückgehen. Das letzte Massenaussterben fand gegen Ende der Kreidezeit statt – zu dieser Zeit »verschwanden« die Dinosaurier.

Seite 64 **Spiralarm unserer Galaxie**

Die Milchstraße ist eine Spiralgalaxie und besteht aus vier großen Armen: innen dem Norma-Arm, gefolgt vom Scutum-Crux-Arm, dem Sagittarius-Arm, dem Perseus-Arm und ganz außen dem Cygnus-Arm. Die Sonne befindet sich im Orion-Arm, einem Nebenarm zwischen Sagittarius und Perseus, der etwa 20.000 Lichtjahre lang ist, 2000 Lichtjahre Durchmesser hat und ungefähr 26.000 Lichtjahre vom galaktischen Zentrum entfernt ist.

Xia Jia

Was macht chinesische Science-Fiction chinesisch?

Im Sommer 2012 nahm ich auf dem Chicon 7 an einer Podiumsdiskussion über chinesische Science-Fiction teil. Dabei stellte ein Zuschauer mir und den anderen chinesischen Autoren folgende Frage: »Was macht chinesische Science-Fiction eigentlich chinesisch?«

Diese Frage ist nicht so einfach zu beantworten, und sicherlich hat jeder seine eigene Meinung dazu. Doch niemand kann bestreiten, dass die »chinesische Science-Fiction« in den letzten hundert Jahren eine ziemlich einzigartige Rolle in der Literatur und Kultur des modernen China gespielt hat.

Die Erfindungen der Science-Fiction – gewaltige Maschinen, neue und weltumspannende Transportmöglichkeiten, die Erforschung des Weltraums – sind Resultate der Industrialisierung, Urbanisierung und Globalisierung, also durchweg Phänomene, deren Wurzeln im modernen Kapitalismus zu suchen sind. Als China Anfang des zwanzigsten Jahrhunderts durch Übersetzungen ausländischer Literatur mit dem Genre in Berührung kam, begriff man schnell, dass man mithilfe dieser Fantasien und Fortschrittsträumereien auch dem »chinesischen Traum« Ausdruck verleihen konnte.

Mit dem »chinesischen Traum« ist der Wunsch nach einer Erneuerung der chinesischen Nation gemeint. Unabdingbar dafür war aber, dass die chinesische Bevölkerung anfing, neu zu träumen. China musste aus seinem fünftausend Jahre alten Traum von einer frühen Hochkultur aufwachen und anfangen, von China als einer demokratischen, unabhängigen und blühenden Nation zu träumen. Daher sind die ersten Beispiele chinesischer Science-Fiction, um es mit den Worten des berühmten Schriftstellers Lu Xun auszudrücken, literarische Werkzeuge, »um das Denken zu verbessern und die Kultur voranzubringen«. Einerseits versuchten diese frühen Werke, mithilfe der »westlichen«, »globalen« oder »modernen« Mythen von Wissenschaft, Aufklärung und Entwicklung die Brücke zwischen *Wirklichkeit* und *Traum* zu schlagen. Andererseits war der historische Kontext so begrenzt, dass sie zwangsläufig typisch chinesische Elemente enthielten, die den Graben zwischen *Traum* und *Wirklichkeit* nur noch weiter vertieften.

Ein Beispiel dafür ist Lu Shi'es 1910 veröffentlichter Roman »Das neue China«. Der Protagonist wacht nach langem Schlaf im Shanghai des Jahres 1950 auf und findet sich in einem fortschrittlichen, wohlhabenden China wieder. All dies ist einem gewissen Dr. Su Hanmin zu verdanken, der im Ausland studiert und zwei Technologien erfunden hat: die »spirituelle Medizin« und die »Aufwachtechnik«. Dadurch gelang es der von geistiger Verwirrung und Opiumkonsum gelähmten Gesellschaft, auf einen Schlag aufzuwachen und sofort politische und ökonomische Reformen einzuleiten. Die chinesische Nation erlebt nicht nur eine Wiedergeburt, sondern kann auch alle Hindernisse überwinden, an denen der Westen gescheitert ist. »Die europäischen Geschäftsleute waren ausschließlich auf den eigenen Vorteil bedacht und dem Leid ihrer Mitmenschen gegenüber blind«, schreibt der Autor. »Deshalb kam es zum Aufstieg der kommunistischen Parteien.« Dr. Sus spirituelle Medizin dagegen verwandelt alle Chinesen in Altruisten, »die sich verantwortlich für das Wohlergehen aller Menschen fühlen. Dies ist Sozialismus in der Praxis, weshalb wir selbstverständlich von den Kommunisten verschont blieben.«

Nach der Gründung der Volksrepublik hatte die chinesische Science-Fiction als Teilbereich der sozialistischen Literatur die Aufgabe, dem Volk wissenschaftliche Erkenntnisse nahezubringen, den Plan für eine schöne Zukunft darzulegen und die Gesellschaft dazu zu motivieren, ihn zu verwirklichen. In diesem Sinne äußerte sich beispielsweise der Schriftsteller Zheng Wenguang: »Der Realismus der Science-Fiction unterscheidet sich vom Realismus anderer Literaturgenres insofern, als er einen revolutionären Idealismus beinhaltet. Immerhin wird Science-Fiction für die Jugend geschrieben.« Dieser »revolutionäre Idealismus« ist im Prinzip eine Fortschreibung des Glaubens an die große Erzählung der Moderne und die Begeisterung dafür, die sich durch Fortschrittsoptimismus und eine uneingeschränkte Leidenschaft für die Errichtung eines Nationalstaats auszeichnet.

Ein Paradebeispiel für diesen revolutionären Idealismus ist Zheng Wenguangs Geschichte »Ein Capriccio für den Kommunismus«, erschienen 1958: Im Jahr 1979, bei den Feierlichkeiten anlässlich des dreißigsten Jahrestags der Gründung der Volksrepublik auf dem Tian'anmen-Platz, stellen die »Erbauer des Kommunismus« dem Vaterland ihre wissenschaftlichen Errungenschaften vor. Dazu gehören neben dem Raumschiff *Mars I* und einem gigantischen Damm, der das Festland mit der Insel Hainan verbindet, auch Fabriken, die alles Mögliche aus Meerwasser herstellen können, und künstliche Sonnen, die die Gletscher des Tian Shan schmelzen und Wüsten dadurch in fruchtbares Ackerland verwandeln sollen. »Oh, Wissenschaft und Technik machen solche Träume wahr!«, ruft der Protagonist angesichts dieser Wunder aus.

Nach der von der Kulturrevolution verursachten Periode des Stillstands wurde der Ruf nach einem modernen Nationalstaat ab 1978 wieder lauter. Ye Yonglies schmales Büchlein »Der kleine Schlaukopf in der Zukunft«, erschienen im August 1978, eine aus Kinderperspektive geschilderte Vision einer beeindruckenden zukünftigen Stadt, läutete mit einer Erstauflage von 1,5 Millionen Exemplaren die nächste Phase der chinesischen Science-Fiction ein. Paradoxerweise traten mit den tatsächlich erfolgten Modernisierungen und Reformen unter Deng Xiaoping diese überschwänglichen Zukunftsvisionen mehr und mehr in den Hintergrund. Die Leser und Autoren hatten offenbar genug von den romantischen und idealistischen Utopien und sehnten sich nach Realismus.

1987 veröffentlichte Ye Yonglie die Kurzgeschichte »Kalter Traum im Morgengrauen«. Der Protagonist findet in einer kalten Nacht in Shanghai in seinem unbeheizten Zimmer keinen Schlaf und flüchtet sich in große Science-Fiction-

Träume: die Nutzung der Erdwärme, künstliche Sonnen, »Umkehrung von Süd- und Nordpol«, sogar eine »treibhausähnliche Glaskuppel über Shanghai«. Als der Held jedoch darüber nachdenkt, wie diese Projekte bewilligt werden können, woher die nötigen Baumaterialien und die Energie stammen und wie internationale Krisen vermieden werden sollen, gerät er jedes Mal in Konflikt mit der Realität und muss eine Vision nach der anderen zu Grabe tragen: »Wirklichkeit und Fantasie – diese beiden Liebenden sind durch einen tausend Meilen breiten Abgrund voneinander getrennt!« Man könnte diese Kluft durchaus als Sinnbild für die Angst und das Unbehagen eines China begreifen, das allmählich aus seiner kommunistischen Fantasie erwacht.

Ende der Siebzigerjahre wurden viele europäische und amerikanische Science-Fiction-Romane übersetzt und in China publiziert. Die chinesische Science-Fiction, die sich so lange an der sowjetischen Bildungsliteratur für Kinder orientiert hatte, wurde sich plötzlich ihrer Rückständigkeit und Bedeutungslosigkeit bewusst. Die scheinbar binären Gegensätze wie *China – der Westen, unterentwickelt – entwickelt* oder *Tradition – Moderne* sowie der Wunsch, international eine größere Rolle zu spielen, veranlassten die chinesischen Autoren der jüngeren Generation, sich von dem populärwissenschaftlichen Anspruch zu lösen, der bisher den Ton angegeben hatte. Ihr Ziel war es, aus der unreifen, unterdrückten chinesischen Science-Fiction eine erwachsene und moderne Literaturform zu machen. Gleichzeitig entbrannte unter Schriftstellern und Kritikern eine hitzige Debatte darüber, wie man in Bezug auf Inhalt und Form internationales Niveau erreichen und somit China im globalen Kapitalismus verorten konnte, ohne dabei auf »nationale Eigenschaften« zu verzichten. Die chinesischen Schriftsteller ahmten Inhalt und Form der Werke ihrer westlichen Vorbilder nach und bemühten sich gleichzeitig, die Position der chinesischen Kultur in einer globalisierten Welt zu bestimmen und ihren Teil zu einer gemeinsamen Vision der Zukunft beizutragen.

In den Neunzigern führten das Ende des Kalten Krieges und die zunehmende Einbindung Chinas in den weltumspannenden Kapitalismus zu einer sozialen Umwälzung, an deren Ende das Marktprinzip Einzug in alle Bereiche des sozialen Lebens hielt. Dies wurde besonders in den verheerenden Auswirkungen offenbar, die die ökonomische Rationalität auf die chinesische Tradition hatte. Dabei meine ich mit »Tradition« einerseits das althergebrachte Leben im bäuerlichen China, andererseits aber auch die frühere Orientierung des Landes an einer sozialistischen Ideologie der Gleichheit. Während China also diese große Veränderung durchmachte, entfernte sich die Science-Fiction zunehmend von modernistischen Zukunftsvisionen und wandte sich der weitaus komplexeren sozialen Wirklichkeit zu.

Die Science-Fiction Europas und Amerikas bezieht ihre kreative Energie und ihren thematischen Rohstoff aus den historischen Erfahrungen des Westens mit politischer und wirtschaftlicher Modernisierung. Sie bildet die Ängste und Hoffnungen der Menschheit angesichts ihrer Zukunft auf hochallegorische Weise in Träumen und Albträumen ab. Nachdem die chinesische Science-Fiction durch ihr westliches Gegenstück eine Vielzahl von Schauplätzen, Vorstellungen, kulturellen Konventionen und Erzählmodellen kennengelernt hatte, machte sie sich an die Konstruktion einer kulturellen und symbolischen Einheit, die sich deutlich vom Mainstream mit anderen populären Literaturformen abhob. Nach und nach verleibte sie sich soziale Erfahrungen ein, die mit der bestehenden symbolischen Ordnung nicht abzubilden waren, und brachte schließlich in einem längeren Prozess der Transformation, Integration und Reorganisation ein neues Vokabular und eine neue Grammatik hervor. In diesem Sinne kann die chinesische Science-Fiction der Neunziger bis zur Gegenwart als nationale Allegorie im Zeitalter der Globalisierung gelesen werden.

Die chinesischen Schriftsteller haben es dabei mit einer einzigartigen historischen Konstellation zu tun. Auf der einen Seite hat sich der Kommunismus als unfähig erwiesen, die Krise des Kapitalismus zu überwinden. Das bedeutet, dass die chinesische Bevölkerung diese Krise sowie die fortschreitende Globalisierung zunehmend im Alltag zu spüren bekommt. Auf der anderen Seite ist es Chinas Wirtschaft gelungen, sich unter großen Opfern von einer Reihe traumatisierender Fehlschläge zu erholen und international an Bedeutung zu gewinnen. Dieses Nebeneinander von Krise und Wohlstand ist für die unterschiedlichen gegenwärtigen Positionen verantwortlich, die die chinesischen Science-Fiction-Autoren in Bezug auf die Zukunft der Menschheit einnehmen: Die pessimistischeren glauben, dass wir bestimmten Entwicklungen machtlos gegenüberstehen. Andere hoffen darauf, dass der menschliche Einfallsreichtum am Ende triumphieren wird, und wieder andere begnügen sich mit der ironischen Betrachtung der Absurditäten des Lebens. Das chinesische Volk glaubte einst, durch Wissenschaft, Technik und den Mut zum Traum zu den westlichen Nationen aufschließen zu können. Inzwischen überbietet sich die westliche Science-Fiction, ja die ganze westliche Kultur in der fantasievollen Ausmalung möglichst düsterer Szenarien, was das Schicksal der Menschheit betrifft. Für die chinesischen Autoren und Leser kann der Westen deshalb die Frage, wohin das alles führen soll, nicht länger beantworten.

Die chinesischen Science-Fiction-Schriftsteller könnten in Bezug auf Alter, Herkunft, berufliche Ausbildung, soziale Stellung, Ideologie, kulturelle Identität und ästhetische Vorstellungen nicht unterschiedlicher sein. Doch wenn man ihre Werke aufmerksam liest, stößt man durchaus auf Gemeinsamkeiten – da nehme ich mich selbst nicht aus. Wir schreiben für ein chinesisches Publikum, und die Probleme, die wir behandeln, sind die Probleme unserer Gesellschaft – obwohl sie natürlich auf komplexe Weise tausendfach mit dem Schicksal der Menschheit im Allgemeinen in Verbindung stehen.

Die westliche Science-Fiction macht den chinesischen Leser mit den Ängsten und Hoffnungen der Menschheit vertraut, mit jenem modernen Prometheus, der selbst Herr über sein Schicksal ist. Vielleicht kann der westliche Leser durch die chinesische Science-Fiction Bekanntschaft mit einer alternativen chinesischen Moderne machen und sich zu einem neuen Modell unserer Zukunft inspirieren lassen.

Dabei geht es in chinesischer Science-Fiction nicht nur um China. Ma Boyongs »Die stille Stadt« beispielsweise ist ebenso Hommage an Orwells »1984« wie eine Darstellung der unsichtbaren Mauern, die uns der Kalte Krieg hinterlassen hat. Liu Cixins Erzählung »Um Götter muss man sich kümmern« verhandelt die Probleme, die eine expansive, ausbeuterische Zivilisation verursacht, im enggesteckten Rahmen eines ländlichen chinesischen Dorfs. In Chen Qiufans »Die Blume von Shazui« hält eine düstere Cyberpunk-Atmosphäre Einzug in die Fischerdörfer um die Stadt Shenzhen herum. Der fiktive Küstenort Shazui ist gleichzeitig ein Mikrokosmos der globalisierten Welt als auch ihr Symptom. Meine eigene Kurzgeschichte »Die Nacht der hundert Geister« wiederum spielt auf mehrere Meisterwerke an: Neil Gaimans »Das Graveyard-Buch«, Tsui Harks *A Chinese Ghost Story* und die Filme von Hayao Miyazaki. Meiner Meinung nach haben diese so unterschiedlichen Geschichten vieles gemeinsam, und die Kombination von chinesischen Spukgeschichten mit Science-Fiction ist nur eine weitere Möglichkeit, dieser Gemeinsamkeit Ausdruck zu verleihen.

Science-Fiction ist – um mit Gilles Deleuze zu sprechen – eine Literatur im Prozess des *Werdens,* eine Literatur an der Grenze: der Grenze zwischen dem Bekannten und dem Unbekannten, zwischen Magie und Wissenschaft, Traum und Wirklichkeit, dem Selbst und dem Anderen, der Gegenwart und der Zukunft. Die Entwicklung unserer Zivilisation wird getrieben von der Neugierde, die uns dazu bringt, diese Grenzen zu überschreiten, Vorurteile und Stereotypen abzulegen und dabei uns selbst zu erkennen und über uns hinauszuwachsen.

In diesem entscheidenden historischen Augenblick ist es meine feste Überzeugung, dass es nicht nur der Wissenschaft und Technik bedarf, um die Welt zu verändern, sondern auch des Glaubens daran, dass das Leben besser werden muss und dass es auch tatsächlich besser werden *kann*. Dazu braucht es Fantasie, Mut, Engagement, Verbundenheit, Liebe und Hoffnung, das Verständnis für und das Mitgefühl mit anderen. All das sind wertvolle Eigenschaften, die uns angeboren sind – und zugleich sind es die größten Geschenke, die uns die Science-Fiction machen kann.

Xia Jia ist das Pseudonym der 1984 geborenen Wang Yao. Bereits während ihres Physikstudiums veröffentlichte sie ihre ersten Science-Fiction-Geschichten und gewann 2004 den begehrten Galaxy Award. Xia Jia ist promovierte Literaturwissenschaftlerin, die das junge Genre der chinesischen Science-Fiction erforscht.

Erläuterungen zu Schreibweise und Aussprache

Auf einer Handvoll Seiten die Besonderheiten der chinesischen Sprache und Schrift erklären zu wollen grenzt an Vermessenheit. Hier geht es also lediglich darum, eine Hilfestellung zur Aussprache der in Liu Cixins Romanen vorkommenden Namen und Begriffe zu geben. Einen umfassenderen Überblick über das Chinesische bieten die unten genannten Bücher.

Die chinesische Schrift

Die Ursprünge der chinesischen Schriftzeichen lassen sich bis in die Zeit der Shang-Dynastie zurückverfolgen, also bis etwa ins 12. Jahrhundert v. Chr. Auf Knochenplatten und Schildkrötenpanzern fand man Einritzungen in einer Zeichenschrift, mit der Orakelsprüche protokolliert worden sind. Diese Schrift bestand aus in senkrechten Spalten angeordneten Piktogrammen, bildhaften Strichzeichen, die bereits als Vorläufer der heutigen chinesischen Schrift erkennbar sind: eine ideogrammatische Schrift, deren Zeichen auf vereinfachten und oft zusammengesetzten Bildsymbolen basierten und die Silben und Sinnzusammenhänge transportierten – im Gegensatz zu unserem phonetischen Alphabet, dessen Buchstaben jeweils einzelne Laute repräsentieren.

Die jahrtausendealte Kulturgeschichte Chinas ist auch dafür verantwortlich, dass aufgrund einer viele Dynastien dominierenden zentralistischen Herrschaftsform sich die chinesische Schrift über all die Jahrhunderte erhalten hat, während die Aussprache je nach Region unterschiedlich war. Das ist noch heute so: Ein Deutscher heißt beispielsweise auf Hochchinesisch (auch »Mandarin« genannt) *déguórén*, während man in Shanghai *dagoni* sagt und in Taiwan *digolang*. Geschrieben lesen aber alle das Gleiche, nämlich 德國人. Insgesamt gibt es acht dieser chinesischen Sprachen und Dialekte.

Wer heute Chinesisch lernt, fängt meist mit dem Hochchinesischen an, da es die im chinesischen Sprachraum gängige Verkehrssprache ist. Alle chinesischen Dialekte und Teilsprachen zeichnen sich durch die Besonderheit aus, dass eine vergleichsweise geringe Anzahl von Silben durch vier unterschiedliche Tonlagen in der Aussprache differenziert wird – dadurch entsteht der charakteristische »Singsang« in der Sprachmelodie des Chinesischen. Wer das nicht beachtet, bestellt schon mal Zucker 糖 (*táng*) statt Suppe 湯 (*tāng*). Die Schrift bietet also keinen verlässlichen Hinweis auf die Aussprache.

Schon ein erster Blick auf diese und die wenigen anderen im Buch verteilten Ideogramme zeigt den besonderen Aufbau der chinesischen Schriftzeichen. Oft werden zwei oder mehrere aus einzelnen Grundstrichen zusammengesetzte Schriftzeichen zusammengefügt, wobei ein Grundzeichen, das Radikal, als Bedeutungsanker dient und ein ergänzendes Zeichen, das Phonetikum, als Aussprachehilfe. Diese Kombinationen aus zwei oder mehreren Zeichen können zu den weitläufigsten, mal mehr und mal weniger sinnfälligen Bedeutungsnuancen des Zeichens führen. Dass aus dem Zeichen für Mensch 人 (*rén*) und der Zahl Zwei 二 (*èr*) das Ideogramm 仁 (*rén*), »Güte«, wird, ist als versteckter ethischer Fingerzeig noch nachvollziehbar. Die Kombination aus 青 (*qīng*) für »blau/grün/jung« und 米 (*mǐ*) für »Reis« zum Zeichen 精 (*jīng*) mit der Bedeutung »Essenz« erschließt sich einem schon weniger. Es verwundert daher nicht, dass zur Lektüre normaler Texte die Kenntnis einer großen Anzahl von Schriftzeichen notwendig ist: Erst ab achthundert ist man offiziell kein Analphabet mehr, und um wenigstens neunzig Prozent aller Texte lesen zu können, sollte man mindestens dreitausendfünfhundert Zeichen beherrschen (als »gebildet« gilt man ab etwa sechstausend Zeichen). Mehrere Zeichen nebeneinander von links nach rechts (oder klassisch von oben nach unten) ergeben dann ein Wort oder einen Satz. Im Chinesischen erhalten Zeichen erst im Zusammenhang ihre grammatische Funktion und ihre Bedeutung.

Transkriptionssysteme

Seit vielen Jahrhunderten wurde versucht, dieses komplexe System aus Schriftzeichen und Aussprache für westliche Kulturen durch Umschriften in lateinische Buchstaben zugänglich zu machen. Die im 19. Jahrhundert von Thomas Wade und Herbert Giles entwickelte Transkription, das Wade-

Giles-System, wurde zum weit verbreiteten Standard, neben dem deutschen Rüdenberg-Stange-System und der Chinese Postal Map Romanization. Die Vielzahl der existierenden Umschriften erklärt zum Beispiel auch die unterschiedlichen Schreibweisen chinesischer Städtenamen: Peking und Beijing ist einigermaßen verständlich. Wer aber ein Zugticket von Guangzhou nach Kanton buchen will, wird nur schief angeschaut – es ist nämlich dieselbe Stadt beziehungsweise Provinz.

Der heutige Standard ist inzwischen jedoch das 1957 in China offiziell eingeführte *Hanyu Pinyin*, oder kurz: Pinyin. Es wurde auch für die vorliegende Übersetzung verwendet. Wie das Chinesische selbst ist auch die Pinyin-Transkription silbenbasiert, das heißt für jedes Schriftzeichen wird eine Silbe notiert. Die vier Tonlagen werden zusätzlich durch diakritische Zeichen angegeben – in dieser Übersetzung wurde der Einfachheit halber jedoch darauf verzichtet. Nicht alle lateinischen Buchstaben klingen allerdings im Pinyin so, wie unser deutscher Sprachinstinkt vermuten lässt. Hier sind die wichtigsten Abweichungen zur »deutschen« Aussprache:

Pinyin	**Aussprache**
an	*ann* wie in »Mann«, nach i, u, y: *än* wie in »kennt«
ao	*au* wie in »Baum«
c	*ts* wie in »stets«
ch	*tsch* wie in »deutsch« (aspiriert)
e	*ö* (kurz) wie in »Wörter«, nach i, u, y: *ä* wie in »hätte«

ei	*äi* wie in »Hey«
en	*ön* wie in »können« (nur länger)
eng	*öng* (kurz, nasal)
h	*h* wie etwas zwischen »h« und *ch* in »Bach«
i	*i* am Wortende, wie »nie«, in der Wortmitte kurz, nach c, ch, r, s, sh, z, zh: ein sehr kurzes *ö*
j	*dj* wie in »Windjacke«
ong	*ung* wie in »Leitung«
q	*tj* wie in »Tja!« (aspiriert)
r	*r* wie in »Quark«
s	*ß* stimmlos wie in »Bus«
sh	*sch* stimmlos wie in »Schiff«
u	*u* wie in »gut«, nach j, q, x, y: *ü* wie in »müde«, nach i: *ow* wie in »Knowhow«
ui	*uäi* wird als *u-äi* ausgesprochen
w	*u* wie das dt. »u«
x	*ch* wie in »kichern«
z	*ds* wie »d« und »s« hintereinander
zh	*dsch* wie in »Dschungel«

Darüber hinaus variiert die Aussprache vieler Vokale noch, je nachdem, ob sie sich im Anlaut, in der Mitte oder im Auslaut der Silbe befinden. Ye Wenjie wird demzufolge wie »Jö Uendje« ausgesprochen.

Weiterführende Lektüre zum Chinesischen

Wer sich weiter mit der chinesischen Sprache und Schrift vertraut machen möchte, dem seien diese Werke empfohlen: Kai Vogelsangs *Kleine Geschichte Chinas* (Reclam), *Gebrauchs-*

anweisung Chinesisch (Reclam) von Françoise Hauser und *Die chinesische Schrift* (C.H. Beck) von Thomas O. Höllmann. Oder man fängt am besten gleich damit an, Chinesisch zu lernen.

Wollen Sie mehr
von Cixin Liu lesen?

Cixin Liu

Jenseits der Zeit

Band 3 der Trisolaris-Trilogie

LESEPROBE

Eigentlich sollte es *Geschichte* heißen, doch da der Verfasser sich ausschließlich auf sein Gedächtnis verlassen muss, mangelt es diesen Aufzeichnungen an historischer Genauigkeit. Selbst von *Vergangenheit* zu sprechen trifft es nicht ganz, denn das alles ist nicht in der Vergangenheit passiert, es passiert auch nicht jetzt oder in der Zukunft.

Ich möchte keine Details auflisten, nur den Rahmen für etwas Geschichtliches oder etwas Vergangenes abstecken. Überlieferte Details gibt es bestimmt schon in Hülle und Fülle. Hoffentlich werden sie als Flaschenpost das neue Universum erreichen und dort fortbestehen. Ich schaffe also nur einen Rahmen, in den eines Tages sämtliche Details hineingepackt werden können. Nicht von uns natürlich. Doch hoffentlich von irgendwem, irgendwann. Schade nur, dass dieses Irgendwann weder in der Vergangenheit, noch in der Gegenwart oder der Zukunft liegt.

Ich verrücke die Sonne etwas nach Westen und durch den veränderten Einfallswinkel der Sonnenstrahlen funkeln die Tautropfen auf den Sprösslingen, als öffneten sich mit einem Mal unzählige Augen. Ich dimme das Sonnenlicht ein wenig, lasse die Dämmerung früher einsetzen und betrachte meine Silhouette am fernen Horizont. Ich hebe die Hand und winke. Und die Silhouette vor der Sonne winkt zurück.

Beim Anblick dieser Silhouette fühle ich mich ziemlich jung.

Das ist eine gute Zeit, der perfekte Moment, um sich zu erinnern.

Mai 1453

Der Tod der Hexe

Konstantin XI. hielt kurz inne, dann schob er den Stapel mit den Plänen zur Verteidigung der Stadt von sich weg und verharrte still an seinem Schreibtisch.

Sein Zeitgefühl war ausgezeichnet: Die Erschütterung trat ein wie erwartet, so heftig und mächtig, als dränge sie aus den Tiefen der Erde herauf. Sie ließ den silbernen Lüster erzittern, und eine Staubschicht wehte von ihm herab, die sich wohl schon seit tausend Jahren über den Palast von Konstantinopel gelegt hatte. Der Staub fiel in die Flamme der Kerze und erzeugte dort sprühende Funken. Alle drei Stunden – so lange dauerte es, um die von einem Ingenieur namens Orban entwickelten Kanonen nachzuladen – schlugen die sechshundert Kilogramm schweren Geschosse gegen die Mauern Konstantinopels. Das waren die solidesten Befestigungsanlagen der Welt. Im fünften Jahrhundert von Theodosius II. errichtet, waren sie immer weiter verstärkt und vergrößert worden. Vor allem ihnen war es zu verdanken, dass das Byzantinische Reich so vielen mächtigen Feinden standgehalten hatte.

Doch mit jedem Treffer meißelten die gigantischen Steinkugeln klaffende Scharten in diese Mauern, die wie die Bisse eines Riesen aussahen. Dem Kaiser stand die Szene lebhaft vor Augen: Noch während die Trümmer der Explosion durch die Luft flogen, rannten Soldaten und Stadtvolk zu den Rissen und bemühten sich wie ein Haufen heroischer Ameisen, sie irgendwie zu stopfen, mit Mauerwerk und Holzpfeilern von den Häusern der Stadt, mit Leinensäcken voll Erde und wertvollen arabischen Wandteppichen … Selbst die enorme Staubwolke konnte er sich vorstellen, die vor dem Licht der untergehenden Sonne Richtung Stadt waberte und Konstantinopel in ein goldenes Leichentuch hüllte.

Seit Beginn der Belagerung vor fünf Wochen erfolgten die Erschütterungen sieben Mal am Tag, so regelmäßig wie der Glockenschlag einer gewaltigen Uhr. Sie läuteten ein neues Zeitalter ein, das Zeitalter der Heiden. Im Vergleich zu diesem Getöse wirkte das Läuten der Kupferuhr mit dem Doppeladler, die am Eckturm der Mauer die Zeit der Christenheit anzeigte, geradezu kraftlos.

Die Vibrationen versiegten, und nach einer Weile zwang Kaiser Konstantin seine Gedanken wieder in die unmittelbare Realität zurück. Er signalisierte der Wache, dass er nun bereit war, den vor der Tür wartenden Besucher zu empfangen. Sein Vertrauter Sphrantzes betrat den Raum, in Begleitung einer schlanken, zerbrechlich wirkenden Gestalt.

»Euer Majestät, hier bringe ich Ihnen Theodora.« Sphrantzes trat zur Seite, um den Blick auf die Frau freizugeben.

Der Kaiser betrachtete sie. Die adligen Damen Konstantinopels bevorzugten Kleider, die mit schwerer Stickerei bedeckt waren, im Gegensatz zur schlichten, knöchellangen, weißen Kleidung der einfachen Leute. Doch diese Frau trug beides. Statt der üblichen bestickten Tunika hatte sie ein langes, weißes Gewand an und darüber einen eleganten, kostbaren Umhang, der jedoch nicht die dem Adel vorbehaltenen Lila- und Rottöne aufwies, sondern von gelber Farbe war. Sie hatte ein entzückendes, sinnliches Gesicht, das an eine Blume erinnerte, die lieber bei der Zurschaustellung ihrer Pracht verrottete, als einsam vor sich hin zu welken. Eine Prostituierte der besseren Sorte. Sie hielt den Blick gesenkt und zitterte am ganzen Körper, doch Konstantin bemerkte den fiebrigen Glanz ihrer Augen, der von einem in ihren Kreisen seltenen, leidenschaftlichem Eifer kündete.

»Du behauptest also, über magische Kräfte zu verfügen?«, sprach der Kaiser sie an, bestrebt, diese Angelegenheit möglichst schnell hinter sich zu bringen.

Sphrantzes war für gewöhnlich ein untadeliger Mann. Unter den achttausend Soldaten, die gegenwärtig zur Verteidigung Konstantinopels im Einsatz waren, stammte ein kleiner Teil von der Armee und zweitausend waren genuesische Söldner. Die Übrigen waren von Sphrantzes nach und nach aus den Reihen der Stadtbewohner rekrutiert worden. Sein aktuelles Anliegen interessierte den Kaiser zwar nur mäßig, doch aufgrund seiner Stellung hatte Sphrantzes es verdient, wenigstens angehört zu werden.

»Ja, ich kann den Sultan töten«, antwortete Theodora und kniete sich vor ihn hin. Ihre Stimme zitterte wie Spinnfäden im Wind.

Vor fünf Tagen war Theodora vor den Toren des Palasts aufgetaucht und hatte verlangt, den Kaiser zu sprechen. Als die Wachen sie fortjagen wollten, hielt sie ihnen rasch einen kleinen Gegenstand hin. Zwar konnten die Männer nicht genau erkennen, was es war, aber sie wussten, dass es nicht in ihre Hände gehörte. Statt zum Kaiser brachten sie die Frau ins Gefängnis, wo sie so lange verhört wurde, bis sie verriet, wie sie an den Gegenstand gelangt war. Nachdem ihr Geständnis überprüft worden war, hatte man sie Sphrantzes vorgeführt.

Sphrantzes wickelte nun den Gegenstand aus dem Leinentuch und legte ihn vorsichtig vor seinem Herrscher auf den Tisch.

Der Kaiser war ähnlich verblüfft wie die Wachen einige Tage zuvor. Im Gegensatz zu diesen wusste er jedoch sofort, worum es sich dabei handelte. Es war ein Kelch aus purem Gold, an der Außenseite mit Edelsteinen verziert und von atemberaubender Schönheit. Der Kelch stammte aus der Zeit Kaiser Justinians. Neunhundertsechzehn Jahre zuvor war er als einer von zwei Kelchen angefertigt worden, die sich nur durch die Anordnung und den Schliff ihrer Edelsteine voneinander unterschieden. Einer von ihnen war im Besitz der byzantinischen Kaiser verblieben, während der zweite im Jahr 537 nach Christus zusammen mit anderen Schätzen beim Wiederaufbau der Hagia Sophia in einer verborgenen Kammer im Fundament der Kirche eingemauert worden war.

Der Kelch im Palast, mit dem der Kaiser wohlvertraut war, hatte im Lauf der Jahrhunderte etwas von seinem blendenden Glanz eingebüßt, doch dieser hier strahlte so herrlich, als sei er erst gestern gefertigt worden.

Zunächst hatte niemand Theodoras Geschichte Glauben geschenkt und man war sicher, dass sie den Kelch einem ihrer reichen Gönner gestohlen haben musste. Viele wussten von der verborgenen Kammer unter der Kirche, doch kaum einer vermochte zu sagen, wo genau sie zu finden war. Zudem lag sie unzugänglich unter Grundsteinen, die so groß und schwer waren wie die der Cheops-Pyramide. Es galt gemeinhin als unmöglich, ohne großen bautechnischen Aufwand in sie hineinzugelangen.

Vor vier Tagen hatte der Kaiser jedoch befohlen, die kostbaren Schätze der Stadt zu bergen, damit sie im Fall der Eroberung Konstantinopels nicht dem Feind in die Hände fielen. Was natürlich eine reine Verzweiflungstat war, denn der Kaiser wusste nur zu gut, dass die Türken alle Wege hinaus aus der Stadt abgeschnitten hatten und er unmöglich mit den Schätzen würde fliehen können.

Erst nach drei Tagen ununterbrochener Plackerei war es dreißig Mann gelungen, sich in die verborgene Kammer vorzuarbeiten. In der Mitte des Raums hatte ein schwerer, steinerner Sarkophag gestanden, verschlossen mit zwölf dicken Bandeisen. Sie durchzusägen hatte fast einen weiteren Tag gedauert. Schließlich konnten fünf Männer unter strenger Aufsicht zahlreicher Wachen den Deckel abheben.

Was die Anwesenden jedoch mehr erstaunte als der Anblick der seit tausend Jahren verschlossen Reliquien und Schätze war das halbe Bündel Trauben, das obenauf thronte.

Theodora hatte zu Protokoll gegeben, fünf Tage zuvor Trauben im Sarkophag hinterlassen zu haben, von denen alle bis auf sieben gegessen waren.

Die Arbeiter verglichen den Inhalt des Sarkophags mit der Liste der Gegenstände, die auf einer Kupferplatte im Inneren des Sargdeckels eingeprägt war. Einzig der Kelch fehlte. Hätte Theodora den Kelch nicht bereits präsentiert und seine Herkunft bezeugt, hätten alle Anwesenden mit ihrem Leben für den Verlust bezahlt, und wenn sie noch so sehr beschworen hätten, dass Kammer und Sarkophag bei ihrer Ankunft intakt gewesen seien.

»Wie bist du an diesen Kelch gekommen?«, fragte der Kaiser sie.

Theodora zitterte noch stärker als zuvor. Offenbar erfüllten sie ihre Zauberkräfte nicht mit Selbstvertrauen. Mit angstgeweiteten Augen starrte sie den Kaiser an. »Diese Orte … sind für mich …« Sie stammelte und schien um das passende Wort zu ringen. »… *offen.*«

»Beweise es mir. Hole etwas aus einem verschlossenen Behälter.«

Entsetzt schüttelte sie den Kopf und sah Sphrantzes hilfesuchend an.

»Sie behauptet, dass sie ihre magischen Kräfte nur an einem bestimmten Ort wirken kann, den sie jedoch nicht verraten darf. Und falls ihr jemand dorthin folgen sollte, wäre der Zauber für immer gebrochen.«

Theodora nickte bekräftigend.

Der Kaiser schnaubte verächtlich. »Eine wie die hätte man in Spanien längst auf dem Scheiterhaufen verbrannt.«

Theodora sank zu Boden und kauerte sich zusammen wie ein Kind.

»Weißt du, wie man jemand tötet?«, hakte der Kaiser nach.

Unfähig zu sprechen, hockte sie bloß zitternd da, und Sphrantzes musste ihr gut zureden, bis sie schließlich bejahte.

»Gut«, sagte der Kaiser. »Prüfe sie sie.«

Sphrantzes führte Theodora eine lange Treppe hinab. Auf jedem Absatz flackerten Fackeln, unter denen jeweils zwei Wachen postiert waren. Der schwache Lichtschein wurde von ihren Rüstungen reflektiert und tanzte in unruhigen Mustern über die Wände.

Schließlich erreichten sie ein dunkles Kellerverlies, in dem das Eis für die Kühlung des Palasts im Sommer aufbewahrt wurde. Theodora zog den Umhang fester um sich.

Doch im Moment lagerte hier kein Eis. Stattdessen hockte ein Gefangener unter einer Fackel in der Ecke, seiner Kleidung nach zu urteilen ein anatolischer Offizier. Wie ein zorniger Wolf starrte er sie durch die Gitterstäbe an.

»Siehst du diesen Mann?«, fragte Sphrantzes.

Sie nickte.

Er reichte ihr einen Sack aus Lammfell. »Du kannst jetzt gehen. Wir erwarten dich bis zum Morgengrauen mit seinem Kopf zurück.«

Theodora zog einen Krummsäbel heraus, der im Fackelschein wie eine silberne Mondsichel schimmerte, und gab ihn Sphrantzes zurück. »Den brauche ich nicht.«

Anschließend stieg sie lautlos die Treppe hinauf. Jedes Mal, wenn sie kurz im Licht der Fackeln auftauchte, schien sie eine neue Gestalt anzunehmen – die einer Frau oder die einer Katze –, bis sie schließlich außer Sicht war.

Sphrantzes wandte sich an eine der Wachen. »Holt Verstärkung«, sagte er und deutete auf den Gefangenen. »Lasst ihn keine Sekunde aus den Augen.«

Nachdem die Wache gegangen war, winkte er aus der Dunkelheit einen Mann zu sich heran, der in eine schwarze

Mönchskutte gehüllt war. »Halte Abstand«, sagte Sphrantzes. »Besser, du verlierst sie aus den Augen, als dass sie dich bemerkt.«

Der Mönch nickte und ging genauso lautlos wie zuvor Theodora die Treppe hinauf.

Konstantin XI. schlief in dieser Nacht nicht besser als in all den anderen Nächten während der Belagerung. Sobald er einschlief, schreckten ihn die Erschütterungen durch den Beschuss des Feindes wieder auf. Noch vor Sonnenaufgang ging er in seine Bibliothek, wo Sphrantzes ihn bereits erwartete. Die Hexe hatte er schon wieder vergessen. Im Unterschied zu seinem Vater Manuel II. und seinem älteren Bruder Johannes VIII. war er ein praktisch denkender Mensch und wusste, dass diejenigen, die ihr Heil in Wundern suchten, allzu oft nur ihr eigenes frühzeitiges Ende heraufbeschworen.

Sphrantzes winkte in Richtung Tür, und Theodora schlich herein. Die Hand, in der sie den Lammfellsack hielt, zitterte. Sofort erkannte der Kaiser, dass er seine Zeit verschwendet hatte. Der Sack war weder ausgebeult noch sickerte Blut aus ihm. Ein abgeschlagener Kopf befand sich sicher nicht darin. Doch Sphrantzes' Gesicht verriet keinerlei Enttäuschung. Er wirkte eher verstört, wie ein Schlafwandler.

»Sie bringt nicht das, was wir von ihr wollten, oder?«, fragte Konstantin.

Wortlos nahm Sphrantzes Theodora den Sack aus der Hand, legte ihn vor dem Kaiser auf den Tisch und öffnete ihn. Er starrte seinen Herrscher an wie einen Geist. »Nein, Majestät, aber beinahe.«

Konstantin XI. warf einen Blick in den Sack, in dem etwas Gräuliches, Schwammiges lag, das wie alter Ziegentalg aussah. Sphrantzes reichte ihm den Kandelaber.

»Es ist das Gehirn des Anatoliers.«

»Sie hat ihm den Schädel gespalten?« Konstantin sah Theodora an, die sich wie ein ängstliches Mäuschen in ihrem Umhang verbarg.

»Nein, der Körper des Gefangenen war äußerlich unversehrt. Ich habe ihn von zwanzig Mann bewachen lassen, immer fünf gleichzeitig, und auch die Wachen an der Tür waren besonders aufmerksam, keine Mücke wäre da hineingekommen.« Sphrantzes zuckte zusammen, als fürchtete er sich vor seinen Erinnerungen.

Der Kaiser bedeutete ihm mit einem Nicken, er solle fortfahren.

»Zwei Stunden nachdem sie gegangen war, wand sich der Gefangene plötzlich und fiel tot um. Unter den Zeugen waren ein griechischer Arzt und Veteranen aus vielen Schlachten, doch nie hatten sie jemand so sterben sehen. Eine Stunde später kam sie zurück und zeigte ihnen den Sack. Daraufhin öffnete der griechische Arzt den Schädel des Toten. Das Gehirn fehlte.«

Konstantin sah sich den Inhalt des Beutels genauer an. Ein Gehirn, zweifellos, vollständig und ohne erkennbare Schäden. Das empfindliche Organ schien mit großer Sorgfalt entfernt worden zu sein. Der Kaiser betrachtete Theodoras Hände und stellte sich vor, wie sie die schlanken Finger nach einem Pilz im Gras ausstreckte oder eine Blüte von einem Zweig pflückte …

Er hob seinen Blick von dem Beutel und starrte die Wand an, als sähe er dahinter etwas am Horizont aufsteigen. Schon wieder erbebte der Palast unter der Wucht eines Treffers, doch zum ersten Mal spürte der Kaiser nicht die Erschütterung.

Wenn es tatsächlich Wunder gibt, dann ist jetzt ihre Zeit gekommen.

Konstantinopel befand sich in einer verzweifelten Lage, aber es bestand noch kein Grund, die Hoffnung aufzugeben. In den fünf Wochen voller blutiger Gefechte hatte auch der Feind große Verluste hinnehmen müssen. Mancherorts türmten sich die Leichen türkischer Soldaten haushoch, und die Angreifer waren ebeso erschöpft wie die Verteidiger. Vor wenigen Tagen hatte eine tapfere Flotte Genueser die Blockade am Bosporus durchbrochen, war ins Goldene Horn vorgedrungen und hatte die belagerte Stadt mit wertvollen Vorräten und Hilfsmitteln versorgt. Alle glaubten, dass sie nur die Vorhut einer größeren Armee waren, die das christliche Abendland zu ihrer Unterstützung schickte.

Im Heerlager der Osmanen herrschte Kriegsmüdigkeit, und von den Kommandeuren hätten viele gern das byzantinische Waffenstillstandsangebot angenommen und den Rückzug angetreten. Dass sie weiter ausharrten, lag nur an einer einzigen Person.

Jener Mann, der fließend Latein sprach, in den Künsten und der Wissenschaft bewandert und noch dazu ein versierter Krieger war, hatte, ohne mit der Wimper zu zucken, seinen eigenen Bruder in einer Badewanne ertränkt, um sich den Thron zu sichern. Und er hatte vor den Augen seiner Truppen ein schönes Sklavenmädchen enthaupten lassen, um zu demonstrieren, dass er sich nicht von Fleischeslust ablenken ließ. Dieser Mann war die Achse, um die sich die riesige, brutale osmanische Kriegsmaschinerie drehte. Wenn er nicht mehr war, würde ihre Einheit auseinanderbrechen.

Vielleicht ist ja wirklich ein Wunder möglich.

»Warum willst du das tun?«, fragte Konstantin XI., den Blick noch immer fest auf die Wand gerichtet.

»Ich möchte eine Heilige werden.« Theodora hatte offenbar nur auf diese Frage gewartet.

Konstantin nickte. Das schien ein glaubwürdiger Grund zu sein. Mit Geld oder Kostbarkeiten konnte man diese Frau nicht reizen. Da kein Schloss zu kompliziert und kein Gewölbe tief genug war, um sie aufzuhalten, konnte sie sich einfach nehmen, was sie wollte. Doch natürlich würde es einer Prostituierten gefallen, eine Heilige zu sein.

»Bist du eine Nachfahrin der Kreuzritter?«

»Ja, Euer Majestät«, erwiderte sie und fügte vorsorglich hinzu: »Aber keiner aus meiner Familie hat am vierten Kreuzzug teilgenommen.«

Der Kaiser legte Theodora eine Hand auf den Kopf, und sie sank langsam auf die Knie.

»Geh, mein Kind. Wenn du Mehmed II. tötest, wirst du Konstantinopels Erlöserin sein und bis in alle Ewigkeit verehrt werden, als Heilige in einer Heiligen Stadt.«

Als der Abend dämmerte, ging Sphrantzes mit Theodora zur Stadtmauer und führte sie zum St.-Romanus-Tor hinaus. Der Sand unmittelbar vor der Befestigungsanlage war schwarz vom Blut der Gefallenen. Überall lagen Leichen verstreut, als wären sie vom Himmel herabgeregnet. In einiger Entfernung trieb der weiße Rauch aus den gerade abgefeuerten Riesenkanonen über das Schlachtfeld. Er war das Einzige, was dort lebendig wirkte. Dahinter erstreckte sich soweit das Auge reichte das Lager der Osmanen, ein dichter Wald von Flaggen, die unter dem bleifarbenen Himmel in der feuchten Meeresbrise flatterten.

In der anderen Richtung lagen die osmanischen Kriegsschiffe. Von weitem sahen sie aus wie schwarze Eisennägel, die dicht an dicht ins blaue Meer genagelt den Seezugang bewachten.

Theodora schloss vor diesem Anblick die Augen. *Das ist mein Schlachtfeld und mein Krieg.* Erinnerungen an die Legenden ihrer Kindheit und die unzähligen Geschichten ihres Vaters über ihre Vorfahren tauchten vor ihr auf: In Europa, auf der anderen Seite des Meeres, hatte sich auf ein Dorf in der Provence eines Tages eine Wolke herabgesenkt. Ein Heer von Kindern marschierte aus der Wolke heraus, mit roten Kreuzen auf der Rüstung und angeführt von einem Engel. Ihr Urahn, der aus diesem Dorf stammte, folgte ihrem Ruf und wurde ein Streiter für Gott im Heiligen Land. Schnell stieg er zu einem Tempelritter auf. Später kam er nach Konstantinopel, wo er sich in eine schöne Frau verliebte, die ebenfalls eine Heilige Kriegerin war. Aus ihrer beider Liebe, so Theodoras Vater, sei ihre glorreiche Familie hervorgegangen …

Erst als Erwachsene erfuhr sie die Wahrheit. Im Grunde stimmte die Geschichte. Ihr Urahn hatte tatsächlich am Kinderkreuzzug teilgenommen, jedoch vor allem weil er hoffte, nach den Verheerungen der Pest seinen hungrigen Magen füllen zu können. Das Schiff, auf dem er gefahren war, hatte in Ägypten angelegt, wo er zusammen mit Zehntausenden von Kindern als Sklave verkauft wurde. Nach vielen Jahren der Knechtschaft gelang ihm die Flucht, die ihn bis nach Konstantinopel führte, wo er tatsächlich einen weiblichen Tempelritter traf. Sie war um einiges älter als er, doch ihr Schicksal war nicht besser als seines. Das byzantinische Reich hatte im Kampf gegen die Ungläubigen auf die besten Krieger der Christenheit gehofft. Stattdessen war jedoch eine Armee halbverhungerter Frauen zu ihnen gekommen. Der Hof von Byzanz verweigerte diesen zweifelhaften Heiligen Kriegerinnen die Unterstützung, und die Frauen mussten sich in der Folge als Prostituierte durchschlagen. Darunter auch Theodoras Urgroßmutter …

Über hundert Jahre lang war ihre glorreiche Familie so arm gewesen, dass sie kaum überleben konnte. Die Generation ihres Vaters war noch schlechter dran als die ihres Urgroßvaters. Die hungrige Theodora musste sich mit dem gleichen Beruf über Wasser halten wie einst ihre selige Urahnin, doch als ihr Vater davon erfuhr, drohte er sie umzubringen, sollte er sie noch einmal dabei erwischen … außer, sie bringe ihre Kunden mit nach Hause, wo dann er den Preis verhandeln und das Geld einstecken könne. Verbittert kehrte sie ihm danach den Rücken und ging auf eigene Faust ihrer Tätigkeit nach. Die Geschäfte liefen gut und führten sie bis nach Jerusalem und Trapezunt und einmal sogar mit dem Schiff bis nach Venedig. Sie hatte genug zu essen und kleidete sich gut, doch sie wusste, dass sie nur ein kleines Sumpfgewächs im Morast war, über das die Menschen hinwegtrampelten.

Bis eines Tages ein Wunder geschah.

Anders als die angebliche Jungfrau Johanna von Orleans, die zwanzig Jahre zuvor von Gott nur ein Schwert erhalten hatte, um für ihn zu kämpfen, hatte der Herr sie mit etwas ausgestattet, was sie zur heiligsten Frau nach der Jungfrau Maria machen würde.

»Sieh, dort liegt das Lager Mehmeds II.«

Theodora warf nur einen kurzen Blick in die gewiesene Richtung und nickte.

Sphrantzes gab ihr einen Beutel aus Ziegenleder. »Hier sind drei Bilder, die ihn von verschiedenen Seiten und unterschiedlich gekleidet zeigen. Außerdem ein Messer. Diesmal wollen wir nicht nur sein Gehirn, sondern den ganzen Kopf. Am besten wartest du bis zum Einbruch der Dunkelheit. Vorher wird er nicht in seinem Lager sein.«

Theodora nahm den Beutel. »Ich hoffe, dass Ihr Euch an meine Warnung erinnert.«

»Keine Sorge.«

Folgt mir nicht. Betretet nicht den Ort, zu dem ich gehen muss. Sonst wird der Zauber auf immer unwirksam sein.

Der als Mönch verkleidete Spion, den Sphrantzes auf sie angesetzt hatte, war ihr vorsichtig und trotz ihrer absichtlich verschlungenen Wege bis in die Vorstadt Blachernae gefolgt, wo die Bombardierung durch die Osmanen am heftigsten war.

Er hatte beobachtet, wie sie die Ruinen eines Minaretts betrat, das einmal zu einer Moschee gehört hatte. Als Konstantin die Zerstörung der Moscheen angeordnet hatte, war dieser Turm verschont geblieben. Seit während der letzten Epidemie ein paar Pestkranke in dem Bauwerk untergeschlüpft und gestorben waren, wollte ihm niemand zu nahe kommen. Kurz nach Beginn der Belagerung hatte ein verirrter Kanonenschuss die obere Hälfte des Minaretts weggerissen.

Der Spion hatte sich an Sphrantzes' Weisung gehalten und das Minarett nicht betreten. Doch er hatte mit zwei Soldaten gesprochen, die vor dem verheerenden Treffer in dem Gebäude gewesen waren. Die erklärten ihm, dass sie ursprünglich einen Wachposten auf dem Turm hätten einrichten wollen, doch er sei zu niedrig und damit als Ausguck ungeeignet. Das Innere sei abgesehen von den Skeletten der dort verendeten Pestkranken völlig leer gewesen.

Diesmal schickte Sphrantzes ihr niemand nach. Er sah Theodora hinterher, wie sie sich ihren Weg durch die Soldaten bahnte, die sich auf der Stadtmauer drängten. Mit ihrem hellen Umhang stach sie zwischen den schmutzigen, blutverkrusteten Rüstungen der Soldaten heraus. Doch keiner der erschöpften Männer beachtete sie, während sie in zunehmender Dunkelheit von der Mauer hinabstieg und offensichtlich direkt nach Blachernae ging.

Konstantin XI. starrte auf den trocknenden Wasserfleck auf dem Boden, der ihm wie ein Sinnbild für seine schwindende Hoffnung vorkam.

Er stammte von einem Dutzend Spionen, die in der vergangenen Woche in den roten Uniformen der Osmanischen Armee und mit Turbanen auf den Köpfen in einem winzigen Segelboot die Blockade durchbrochen hatten. Sie hatten den Auftrag gehabt, die angeblich herannahende europäische Flotte in Empfang zu nehmen und mit den nötigen Informationen über das feindliche Lager zu versorgen. Doch das ägäische Meer war leer geblieben, und sie hatten nicht mal einen Schatten von den erwarteten Rettern zu Gesicht bekommen. Enttäuscht waren die Spione wieder umgekehrt und hatten sich erneut durch die Blockade gemogelt, um dem Kaiser die erschütternde Nachricht zu überbringen. Damit war Konstantins Hoffnung auf Unterstützung aus Europa endgültig zunichte gemacht worden. Nachdem die heilige Stadt dem Ansturm der Muslime viele Jahrhunderte lang getrotzt hatte, waren die Fürsten und Könige der Christenheit nun übereingekommen, Konstantinopel den Ungläubigen zu überlassen.

Von außerhalb des Palasts drangen angsterfüllte Rufe an sein Ohr. Die Wachen berichteten von einer Mondfinsternis. Das war ein böses Omen, denn es hieß: Solange der Mond scheint, wird Konstantinopel nicht untergehen.

Durch eine schmale Fensterscharte beobachtete der Kaiser, wie der Mond im Schatten verschwand, wie in einem himmlischen Grab. Eine innere Stimme sagte ihm, dass Theodora nicht zurückkehren würde und er den abgeschlagenen Kopf des Feindes niemals zu Gesicht bekommen sollte.

Ein Tag und eine Nacht verstrichen ohne ein Lebenszeichen von Theodora.

Sphrantzes und seine Leute zügelten vor dem Minarett in Blachernae die Pferde und stiegen ab. Sie trauten ihren Augen nicht: Im kalten weißen Schein des aufsteigenden Mondes ragte die Spitze des Minaretts vollkommen unversehrt in den Nachthimmel. Der als Mönch verkleidete Spion schwor, dass dem Turm bei seinem letzten Besuch die Spitze noch gefehlt habe. Zahlreiche weitere Soldaten und Offiziere, die mit der Gegend vertraut waren, bestätigten dies.

Doch Sphrantzes war nicht zu überzeugen und starrte den Mann wütend an, sicher, dass er trotz all der Zeugen log. Schließlich ließ das intakte Minarett selbst keinen anderen Schluss zu. Er verzichtete jedoch darauf, den Späher zu bestrafen. Da die Stadt sicher bald fiel, würde ohnehin niemand dem Zorn des Eroberers entkommen.

Einer der Soldaten wusste genau, dass die Spitze des Minaretts nicht von einem Kanoneneinschlag zerstört worden war. Rund zwei Wochen zuvor hatte er mit eigenen Augen gesehen, dass die obere Hälfte des Turms fehlte, doch weder hatte es am Vorabend Angriffe gegeben noch fanden sich in der Nähe des Bauwerks Trümmer. Zwei weitere Soldaten hätten das bezeugen können, wenn sie nicht mittlerweile in der Schlacht gefallen wären. Doch angesichts von Sphrantzes' schlechter Laune behielt der Mann diese Information für sich.

Sphrantzes und sein Gefolge, darunter auch der vermeintlich verlogene Späher, betraten das Minarett. Als Erstes stießen sie auf die Überreste der Pesttoten, die streunende Hunde überall in der Ruine verteilt hatten. Doch nirgends fanden sie eine Spur von lebenden Personen.

Sie stiegen die Treppe hinauf. Im flackernden Licht ihrer Fackeln entdeckten sie Theodora, die zusammengekauert unter einem Fenster hockte. Sie schien zu schlafen, doch ihre Augen waren nur halb geschlossen und spiegelten den Schein der Fackeln wieder. Ihre Kleider waren zerrissen und schmutzig und ihr Haar wirr. Ihr Gesicht war von blutigen Kratzern verunziert, die sie sich offenbar selbst zugefügt hatte. Sphrantzes sah sich um. In diesem oberen, kegelförmigen Teil des Minaretts war alles von einer dicken, nur von wenigen Fußspuren durchbrochenen Staubschicht bedeckt, gerade so als ob auch Theodora eben erst angekommen wäre.

Sie erwachte und zog sich mit tastenden Händen an der Wand hoch. Im Mondlicht, das durch das Fenster hereinfiel, schimmerte ihr wirres Haar wie ein silbriger Heiligenschein. Mit starrem Blick versuchte sie angestrengt, zu sich zu kommen, doch dann schloss sie die Augen wieder, als wollte sie weiter in einem Traum verweilen.

»Was wird das hier?«, herrschte Sphrantzes sie an.

»Herr, ich … Ich kann *dort* nicht hingehen.«

»Wohin?«

Sie hielt die Augen geschlossen, als wollte sie ihre Erinnerungen nicht loslassen, wie ein Kind, das sein Spielzeug umklammert hält. »Groß ist es dort, gut und angenehm. Hier dagegen …« Sie riss die Augen auf und blickte sich erschrocken um. »Hier ist es wie in einem Sarg, auch draußen … ist es eng wie in einem Sarg. Ich möchte so gern *dorthin*!«

»Und was ist mit deinem Auftrag?«, fragte Sphrantzes.

»Wartet noch, Herr.« Theodora bekreuzigte sich. »Wartet!«

Sphrantzes deutete zum Fenster hinaus. »Worauf sollen wir denn noch warten?!«

Von draußen wogte der Lärm zu ihnen herein. Wer genau hinhörte, konnte zwei Geräuschquellen unterscheiden.

Eine lag außerhalb der Stadtmauern. Mehmed II. hatte beschlossen, am kommenden Tag den finalen Angriff gegen die Stadt zu befehlen. In diesem Moment ritt der junge Sultan gerade durch das osmanische Heerlager und versprach seinen Soldaten, dass es ihm persönlich nur um Konstantinopel gehe – sämtliche Schätze und Frauen der Stadt sollten dagegen ihnen gehören. Nach dem Fall der Stadt würden sie drei Tage haben, um die Stadt nach Belieben zu plündern. Die Soldaten johlten bei den Worten des Sultans, und ihre Freudenschreie wurden von Pauken und Trompeten untermalt. Dieser fröhliche Lärm legte sich zusammen mit den Funken und dem Rauch ihrer Lagerfeuer wie eine todbringende Wolke über Konstantinopel.

Der Krach, der aus der Stadt drang, klang dagegen traurig. Sämtliche Einwohner waren einer Prozession unter der Leitung des Erzbischofs gefolgt und versammelten sich nun in der Hagia Sophia zu einer letzten Messe. Das hatte es in der Geschichte der Christenheit noch nie gegeben, und es würde auch einmalig bleiben: Unter dem Klang feierlicher Hymnen versammelten sich im schummrigen Licht der Kerzen der Kaiser von Byzanz, der Patriarch von Konstantinopel, orthodoxe und römisch-katholische Christen, Soldaten in voller Rüstung, Händler und Seefahrer aus Genua und Venedig und sämtliche Bevölkerungsschichten Konstantinopels vor Gott, um sich auf die letzte Schlacht ihres Lebens vorzubereiten.

Sphrantzes wusste, dass sein Plan gescheitert war. Vielleicht war Theodora nichts weiter als eine geschickte Lügnerin, die über keinerlei magische Kräfte verfügte. Viel schlimmer wäre jedoch die Alternative, dass sie tatsächlich über magische Kräfte verfügte und sie diese in den Dienst Mehmeds II. gestellt hatte.

Was hatte Byzanz, das am Rande des Ruins stand, ihr schon

zu bieten? Dass der Kaiser sie tatsächlich zu einer Heiligen machen würde, war unwahrscheinlich, denn weder Rom noch Konstantinopel würden eine Hexe und Hure diese Ehre zuteil werden lassen. Vermutlich hatte sie es mittlerweile auf zwei neue Opfer abgesehen: den Kaiser und ihn selbst.

Genau wie zuvor Orban. Der ungarische Ingenieur hatte zuerst den Kaiser aufgesucht und ihm seine Pläne für den Bau besonders schlagkräftiger Kanonen unterbreitet. Doch Konstantin XI. hatte nicht genug Geld für seine Dienste und erst recht hatte er es sich nicht leisten können, die riesigen Kanonen zu gießen. Also war Orban mit seinem Vorschlag zu Mehmed II. gegangen. Die täglichen Bombardements der Stadt waren ein stetes Zeugnis dieses Verrats.

Sphrantzes gab dem Späher einen Wink, woraufhin dieser sein Schwert zog und Theodora in die Brust stieß. Die Klinge durchbohrte ihren Körper und blieb hinter ihr in einer Mauerspalte stecken. Vergeblich versuchte der Mann, die Waffe wieder herauszuziehen, doch sie bewegte sich keinen Millimeter. Da Theodoras Hände das Heft des Schwerts umklammert hielten und er sie nicht berühren wollte, gab er es schließlich auf, und Sphrantzes eilte mit seinen Männern davon.

Theodora hatte indes keinen Laut von sich gegeben. Während ihr Kopf auf die Brust sank, glitt ihr wirres Haar aus dem Mondlichtstrahl heraus, und der silberne Heiligenschein verschwand in der Dunkelheit. Stattdessen beleuchtete der Mond im finsteren Minarett nun ein kleines Stück Wand, über die ein feiner Blutstrom wie eine schwarze Schlange hinab mäanderte.

Kurz vor der großen Schlacht verstummte der Lärm innerhalb und außerhalb der Stadt. Das Byzantinische Reich an der Grenze zwischen Europa und Asien, wo Land und Meer aufeinandertrafen, erlebte seine letzte Morgendämmerung.

Im Obergeschoss des Minaretts starb die mit einem Schwert an die Wand gespießte Hexe. Gut möglich, dass sie die einzige echte Magierin in der Geschichte der Menschheit gewesen war, doch leider war zehn Stunden zuvor das ohnehin kurze Zeitalter der irdischen Magie zu Ende gegangen. Begonnen hatte es am 3. Mai 1453, um vier Uhr nachmittags, als das Teilchen höherer Dimension zum ersten Mal mit der Erde in Berührung gekommen war, und geendet hatte es am Abend des 28. Mai 1453 um 21 Uhr, als es die Erde wieder verließ. Nach fünfundzwanzig Tagen und fünf Stunden war die Erde in ihren gewöhnlichen Orbit zurückgekehrt.

Am Abend des 29. Mai fiel Konstantinopel.

Als die blutige Schlacht sich ihrem unausweichlichen Ende näherte, schrie Konstantin XI. angesichts der Osmanischen Truppen, die über die Stadt herfielen: »So wird sich denn kein Christ finden, der mir den Kopf abschlägt?!« Dann riss er sich die purpurfarbene Robe vom Leib, zog sein Schwert und ritt gegen den Feind an. Seine silberne Rüstung leuchtete kurz auf wie ein Stück Aluminiumfolie im Schwefelsäurebad, bevor er im Nichts verschwand.

Die historische Bedeutung des Falls von Konstantinopel zeigte sich erst viele Jahre später. Zuallererst sah man darin das endgültige Ende des Römischen Reiches. Byzanz war ein Wagenanhänger, den das alte Rom noch tausend Jahre hinter sich hergezogen hatte, und der trotz seiner vorübergehenden

Glorie am Ende in der Sonne verdunstete wie ein Wassertropfen. Die alten Römer hatten einst zu ihrer Zeit pfeifend und trällernd in ihren luxuriösen Bädern gesessen und geglaubt, ihr Reich wäre so beständig wie der Marmor der großzügigen Becken, in denen sie sich treiben ließen.

Heute weiß man, dass kein Festmahl ewig währt. Alles ist endlich.